COMO NASCEM OS FANTASMAS

VERENA CAVALCANTE

COMO NASCEM OS FANTASMAS

Copyright © 2025 by Verena Cavalcante

Grafia atualizada segundo o Acordo Ortográfico da Língua Portuguesa de 1990, que entrou em vigor no Brasil em 2009.

Capa
Amanda Miranda e Ale Kalko

Imagem de capa
Amanda Miranda

Aberturas de partes
Amanda Miranda

Aberturas de capítulos
Vector Hut/ Adobe Stock

Preparação
Willian Vieira

Revisão
Luís Eduardo Gonçalves
Natália Mori

Os personagens e as situações desta obra são reais apenas no universo da ficção; não se referem a pessoas e fatos concretos, e não emitem opinião sobre eles.

Dados Internacionais de Catalogação na Publicação (CIP)
(Câmara Brasileira do Livro, SP, Brasil)

Cavalcante, Verena
     Como nascem os fantasmas / Verena Cavalcante.
— 1ª ed. — Rio de Janeiro : Suma, 2025.

    ISBN 978-85-5651-257-4

    1. Ficção brasileira I. Título.

25-264103   CDD-B869.3

Índice para catálogo sistemático:
1. Ficção : Literatura brasileira   B869.3

Cibele Maria Dias – Bibliotecária – CRB-8/9427

Todos os direitos desta edição reservados à
EDITORA SCHWARCZ S.A.
Praça Floriano, 19, sala 3001 — Cinelândia
20031-050 — Rio de Janeiro — RJ
Telefone: (21) 3993-7510
www.companhiadasletras.com.br
www.blogdacompanhia.com.br
facebook.com/editorasuma
instagram.com/editorasuma
x.com/editorasuma

Para todos os fantasmas que habitam cômodos na morada de nossos corpos, pintando paredes de preto, enchendo gavetas de restos mortais, inundando nossos capilares de matéria imputrescível e imorredoura

Ela própria é uma casa assombrada. Não possui a si mesma; seus antepassados às vezes vêm espreitar pelas janelas de seus olhos e isso é muito assustador. Ela tem a solidão misteriosa dos estados ambíguos; paira numa terra de ninguém entre a vida e a morte, o sono e a vigília, atrás da sebe de flores e espinhos [...]. Os antepassados bestiais nas paredes a condenam a uma repetição perpétua de suas paixões.

Angela Carter

*Eu tenho medo de abrir a porta
Que dá pro sertão da minha solidão.*

Belchior

SUMÁRIO

Prólogo
Os fantasmas de Beatriz 13

PARTE I
Mandioca-brava 23

PARTE II
Adeus, adeus, adeus, cinco letras que choram 41

PARTE III
Porta aberta 55

Interlúdio pubescente 77

PARTE IV
Flor vermelha 103

PARTE V
O pranto flamejante dos santos 121

PARTE VI
Vaga-lumes no mato alto 137

PARTE VII
A serpente do mundo 153

Epílogo
Como nascem os fantasmas 163

Agradecimentos 167

OS FANTASMAS DE BEATRIZ

Eu sempre soube que os mortos falavam por meio da minha avó. E fazia da boca túmulo para não atrapalhar.

Fui criada com ouvidos de morcego, atenta à vizinhança que volta e meia parava diante do portão e destampava a berrar, *Dona Divina, abre a porta!*, implorando por toda sorte de bênçãos. Faziam fila debaixo do manacá do jardim, trazendo no colo bebês de olhos inchados envoltos em cueiros respingando leite azedo, e exigiam de vovó a cura dos quebrantos com seus dons de benzedeira. Arruda, três lambidas na testa, e então dito e feito; proclamavam milagres, distribuindo as flores-de-são-miguel que, logo na primeira noite de sono santo, amanheciam trepadas nos berços. Se a criança fosse mais velha e surgisse com uma perna mais curta que a outra, de cabelos brancos e pele arrepiada feito frango depenado, o diagnóstico era vento-virado. Bastava água benta, breve e figa, o sinal da cruz na tez pálida, e o cabelo escurecia na mesma hora, na rapidez do abre e fecha das gazânias.

Vovó também resolvia as moléstias dos adultos. Tratava carne-quebrada causada por diferentes sortilégios com agulha, gaze e pai-nosso. Fazia materializações usando montes de algodão que revelavam tesouros fúnebres como osso de bicho, cabeça de boneca, fotografia de gente morta, terra de cemitério. Realizava cerimoniais com velas que assumiam formato de coisa ou gente. Lia e interpretava — como quem enxerga o futuro na borra do chá — aftas, cobreiros e hematomas. Acompanhava partos e partidas com seu sorriso postiço, sua sabedoria ancestral e seus conjuros sincretistas — quase sempre frutos de autocriação empírica.

Desde pequena, eu frequentava as sessões de cura ou escutava atrás da porta as súplicas dos habitantes da cidade com curiosidade passageira; o que mais gostava era das histórias que, ao estilo fantasioso dos contos da carochinha, ouvia da boca de vovó. Agarrava-me sôfrega à cadência única de suas palavras, pendurada na língua autossuficiente e inquieta que tricotava uma malha intrincada de causos. Quando estava aconchegada em seu regaço recendendo a sálvia defumada, com vovó trançando meus cabelos e estourando lêndeas entre as unhas, eu me sentia amada.

— Vovó Didi, conta uma história? — pedia, e ela parava o que estivesse fazendo, olhava para fora e para dentro, e falava de fantasmas.

Com o passar dos anos, fui escutando, tomada de adoração e assombro, como quem aprende sobre a origem do mundo e os segredos do sexo, os contos do passado de minha avó. Os horrores sobrenaturais de sua infância. A melancolia solitária da juventude. Na maturidade, a carreira no ramo das cirurgias espirituais em companhia de um curandeiro de nome santo: tumores, abscessos e cálculos renais extraídos sem anestesia; paralíticos que saíam correndo pela estrada de terra, pulando o mata-burro como atletas; cegos que, esvaziado o cristalino dos olhos, voltavam a enxergar. Eu fazia o possível para tirar a prova e usufruir de seus poderes quase mágicos, recusando os remédios convencionais; queria que ela mergulhasse minhas feridas em secreção de sapo, que curasse as febres com compressas de álcool, arnica e pau de canela, que cobrisse de beijos secos as vesículas da catapora. Mas o Merthiolate continuava esbraseando os esfolados, a Novalgina amarrando a boca, a água da bacia se tingindo de violeta genciana. Quando se tratava de mim, vovó confiava mais nos médicos de carne e osso.

Eu também ouvia sobre como, no auge da ditadura, quando a família ainda vivia na capital, vovó encontrou um sapo com a boca costurada nos fundos da casa. Ao romper a linha vermelha com a lâmina de barbear do marido, descobriu ali dentro uma foto dele em três por quatro, jovem e bonito, de quepe e farda, igualzinha à que estampava a carteira de trabalho. Segundo ela, foi naquele dia que meu avô, seu Cristóvão, acabou baleado em meio a uma perseguição de subversivos.

Vovó não falava muito daquela época. Grudava a língua no céu da boca, entre a bigorna e o martelo, com olhos embaciados de pólvora. Saltando décadas, talhava uma lacuna recheada de interrogações, e não abria a porta para aqueles que, uma ou duas vezes ao ano, empunhavam fotos em preto e branco na calçada, peregrinando — de adivinho em adivinho — em busca de seus desaparecidos.

— Deus sabe que eu já paguei meus pecados. E o seu vô, coitado, ainda tá pagando os dele.

Aprisionado eternamente à cama, em silêncio de sepulcro, com o corpo coberto de escaras e dois pés diabéticos, meu avô era uma planta murcha, amarela e irrecuperável, que regávamos várias vezes ao dia. Um ranço adocicado de meia-morte desprendia-se de seus calcanhares abertos, como botas de sete léguas dessoladas, que por mais que desinfetássemos viviam orbitados por moscas-

-varejeiras e emprestavam à casa, diariamente limpa e alvejada, um cheiro de açougue abandonado que afastava as visitas.

Mas o assunto predileto de vovó era Ângela, minha mãe morta. A ausência sólida da filha a preenchia com memórias embebidas em felicidade nostálgica, impregnando o cotidiano de uma saudade dolorida que ela alimentava a todo minuto; quase como se, à simples menção de seu nome, fosse capaz de materializá-la no mundo. Porém, mais do que as histórias das idiossincrasias de minha mãe, o que eu pedia para vovó recitar, de preferência antes de dormir, era a hora de sua morte.

— Ela já chegou fraca na maternidade, sabe, filha? Tava perdendo muito sangue. Fora os nove meses que a coitadinha passou vomitando. A falta de cálcio fez caírem os dente tudo... — Silenciava por um instante, tentando retomar o fio da meada. — Na hora eu já percebi que ela tava nas últimas. A mão tava mole, os olhos perdendo brilho... E é aquilo que dizem: *o olho é a janela da alma*. E por isso ele apaga junto dela. Naquelas foto de defunto que o povo de antigamente tirava, dá pra ver que a pessoa tá morta é pelo olho. Sabe por quê? Porque ele cai. Fica nas bochecha — dizia, usando quase sempre as mesmas palavras, levantando os olhos só para puxar a enrugada pálpebra inferior de um deles para baixo.

"A última coisa que a minha Ângela conseguiu dizer foi *Não tá mais doendo, mamãe*, desse jeitinho assim, sabe? Que nem quando era menina nova e tinha dor de barriga na madrugada. Então senti ela esvaziando feito bexiga, e vi uma luz branca muito bonita, forte, enchendo o corredor do hospital tudo. Foi tanta tristeza que eu quase fui... Quase morri junto. Já imaginou perder um filho? Num tem dor igual. Num tem. E olha que eu já perdi vários. Perdi vários nessa terra gulosa e maldita. Ela foi a única que vingou. A única que não virou sangue na calcinha pra Mulher Vermelha lamber. Até aquele dia."

Vovó limpava as lágrimas com um lenço tirado do sutiã, imprimindo rastros alaranjados de pó de arroz no tecido. Eu aguardava, ansiosa para que chegasse minha parte favorita, para que a imagem de Ângela recuasse, voltando ao segundo plano, a de figurante daquela história de morte-nascimento que, na verdade, também era minha:

— Mas sabe de uma coisa? — continuava vovó, abrindo um sorriso doce e tocando meu rosto com mãos que cheiravam a alho e cebolinha. — Depois que ela partiu, aquela luz, aquela energia tão boa, foi descendo, descendo, descendo... E encontrou o caminho certo, de volta pro mundo, de volta pra mim.

"Você sabia, minha filha, que na mesma hora que o médico te colocou nos meus braços, toda coberta do sangue da sua mãe, e olhei bem dentro do seu olho, eu descobri o segredo? Pois é. Eu vi tudo. Sua mãe tinha reencarnado no seu corpo. Minha Ângela agora era minha Beatriz."

Purificada nas lágrimas de vovó, entrelaçada nas dobras macias de seu corpo, o rosto carimbado de beijos, eu adentrava o reino dos sonhos com a tranquilidade dos semideuses prometidos, embora encontrasse ali somente uma escuridão escorregadia e inundada de rios vermelhos.

Durante a maior parte da infância, com a satisfação que me cabia em ser sua filha retornada, eu aproveitava toda oportunidade para reafirmar a certeza de vovó.

De longe, sob o comportamento domesticado da meninice, Ângela e eu éramos até parecidas — como inhame e taioba. Por isso, no início não me custava interpretar a personagem. Tentava absorver as informações que vovó lançava aqui e acolá, ao acaso, coisas bobas e inocentes como o fato de minha falecida mãe ter medo de baratas, adorar doces de coco e não beber coca-cola. Assim, negava meus próprios interesses, empenhada em agradar: forçava um grito alto ao ver um inseto, comia cocada com dentes arrepiados de cáries, roubava moedas para tomar refrigerante de uma talagada só. Vovó ficava contente. Nos melhores dias, até confundia nossos nomes. Nos piores, passava a tarde de nariz vermelho, e não importava quantas cordas eu atirasse, se erguesse a mão era somente para afastá-las com um tapa. Mas não tinha problema; quanto mais eu crescia, melhor atuava, usando o corpo para satisfazer às vontades póstumas de minha mãe e às expectativas presentes de minha avó.

Se visse Ângela usando marias-chiquinhas no álbum de fotografias, por exemplo, eu aparecia com o mesmo penteado, fingindo se tratar de uma escolha espontânea (mesmo que depois soltasse os cabelos, com uma careta, tão logo me afastasse de vovó). Treinava as expressões faciais da menina congelada nos porta-retratos, estreitando os olhos meigos com um biquinho travesso, ainda que, fisicamente, fôssemos distintas — minha mãe era clara, miúda e doce; eu era escura, grandalhona e arisca. No fim, passava tanto tempo na frente do espelho, ensaiando olhares e poses, sorrisos desdentados e piscadelas dissimuladas, que, a certa altura, enchi-me de inquietação; não sabia mais quem era a pessoa que me mirava na superfície prateada, todinha Beatriz-Através-do-Espelho.

Aceitando de bom grado meu papel de filha reencarnada, também me espremia, sem reclamar, nas roupas antigas e fora de moda, cobertas de pó e cheirando a naftalina, que vovó nunca ousara entregar a bazar ou brechó — esses lugares que fazem bom uso de roupa de gente morta. Eu dançava dentro dos tecidos, pelo menos dois números menores que o meu tamanho, esgarçando-os e forçando-os em minha carne até que entrassem. Então desfilava orgulhosa na frente de vovó, mesmo que as blusas enforcassem os braços, deixassem a barriga à mostra, e a barra das calças só chegasse até as panturrilhas.

Às vezes ela se irritava ao encontrar algum botão faltando, uma costura rasgada, ou um zíper fora do trilho. *Com a sua idade, a Ângela usava essas daí; é só fechar a boca e emagrecer um pouquinho que cabe. Não sei pra quem você foi puxar, viu? Porque eu, quando era moça, era tão magrela que seu avô me levantava com uma mão só!* E eu respirava fundo, pulava as refeições, arranhava as gengivas até os dentes nadarem em sangue, comia só duas colherinhas no almoço, tomava *diet shakes* que ela comprava no mercadinho, dançava É o Tchan! por algumas horas e chupava a barriga estufada para dentro até as costelas se insinuarem debaixo da pele.

— Tô bonita, vó?

Se ficasse só de calcinha, segurasse a respiração por bastante tempo e abrisse os braços, conseguia emular, durante eternos segundos de calvário, a imagem do Jesus crucificado que encimava a cabeceira da cama que ela dividia com meu avô. Mas eu suportava a dieta por uma semana, no máximo; depois vasculhava bolsos, gavetas, cinzeiros e a caixinha de doações em busca de moedas para comprar escondida pacotes de bolachas e salgadinhos que enfiava goela abaixo voltando da escola. Tinha pena de jogar fora o lixo tão brilhante, cheiroso e multicolorido; cobria o chão do guarda-roupa de latas vazias de leite condensado que transbordavam de formigas, amarrava papéis de bala nos galhos das árvores, colava no diário embalagens vazias de Sonho de Valsa junto do verso de alguma música romântica.

Nos aniversários, não me dava ao trabalho de pedir brinquedos novos. Queria sapatos. Os calçados apertados de minha mãe eram a única coisa que vovó concordava em substituir. Não só porque se desfaziam depois de poucos dias de uso, espalhando solas e tiras sobre os paralelepípedos da rua, mas porque em pouco tempo não passavam sequer de meus calcanhares, cobertos de bolhas e em carne viva. De pés descalços, eu contava os dias no calendário pendurado atrás da porta da cozinha, sonhando com o conforto de uma sandália da Xuxa no Natal.

Por sorte, diferente de mim, que atirava os brinquedos pela janela e do alto dos telhados, mergulhando-os nas enxurradas e rabiscando seus rostos de plástico, Ângela havia sido uma criança perfeita. Cuidadosa e ordeira, deixara vários bonecos quase impecáveis à minha disposição: uma Susi antiquada, de franja e cabelo acaju; uma Moranguinho de pano; e um boneco do Fofão — meu brinquedo favorito, ele nunca parava sentado e estava sempre caído em diferentes lugares da casa; às vezes em um quarto, às vezes dentro de um armário, às vezes encostado aos pés da cama, como se, autômato e independente, caminhasse por conta própria.

Ainda que meus amigos, principalmente Lipe e Cadu, versados nas lendas urbanas, cismassem em dizer que dentro de seu corpo recheado de algodão o boneco guardava uma faca, pronto para me assassinar durante o sono, eu nutria pelo filhote de cruz-credo um afeto genuíno. Sabia que se o tratasse com carinho ele seria dócil e obediente — não teria motivos para se vingar. Por isso, levava-o comigo na cesta da bicicleta, plantava um beijo nas bochechas gorduchas rabiscadas de caneta Bic, cobria-o com uma manta na hora de dormir. *Você é lindo*, eu dizia, *tenho orgulho de você*.

Acompanhada do boneco, na fria cama de solteiro que fora de minha mãe, eu repassava na mente, como quem conta carneirinhos, não só as histórias de vovó, receptáculos de toda a sabedoria do mundo e dos mistérios da vida e da morte, mas principalmente o que assistia nos filmes de terror e nos programas da TV aberta. Essas narrativas assustadoras, exibidas sem pudor na época, causavam em mim um medo genuíno, febril e inquietante — pareciam impressas com marcador permanente nas retinas, nos canais auditivos.

As atrações pareciam dedicadas a um só objetivo: aterrorizar seus espectadores. No geral, as manhãs eram seguras; se ligasse a TV, só encontraria desenhos infantis, shows de culinária ou transmissões dedicadas ao trabalhador rural.

Mas as tardes e noites eram apavorantes. Filmes B de terror exibidos no *Cinema em Casa* ou na *Sessão da Tarde*. Programas de auditório que mostravam bebês morrendo ao vivo. Cabras com rostos humanos. Vítimas do acidente com césio-137 em Goiânia. Matérias sobre santas que choravam sangue. Mártires tomados pelas chagas de Cristo. Reportagens sobre objetos voadores não identificados. Chupa-cabras. O ET de Varginha. A Operação Prato. Investigações de casas mal-assombradas. Fantasmas que davam navalhadas. Fantasmas que conjuravam chuvas de pedras. Fantasmas de eventos do passado. Que estupravam mulheres diante dos olhos de seus maridos. Que se comunicavam por gravadores. Que diziam "*Hilda, tu es près de moi*". O incêndio do Joelma. O Massacre do Carandiru. A Chacina da Candelária. Os crimes do Maníaco do Parque. Os crimes do Vampiro de Niterói. Os cadáveres quadriculados dos Mamonas Assassinas. Dramatizações de assassinatos logo após a novela das oito:

— *Atenção! O assassino segue foragido e pode estar aí no seu bairro!*

Nas noites de pavor, rememorando a programação do dia, incapaz de adormecer, girando na cama até virar um charuto de menina, eu perscrutava as trevas que se espalhavam pelo quarto. As sombras emprestavam feições diferentes às bonecas e bibelôs da minha mãe morta, transformando aquele ambiente familiar em terreno desconhecido.

No quarto parado no tempo — entre pôsteres, toca-discos, uma pilha de vinis e maquiagens vencidas que faziam a pele coçar sempre que as experimentava, tímida, diante da penteadeira onde escovas cheias de cabelo amarelado guardavam o que restava de Ângela —, o medo entrava obstinado e arrogante, instalando-se como uma infecção, espaçoso feito posseiro. No silêncio adormecido da casa, na escuridão viva do quintal que se insinuava pelas cortinas, o mundo dos vivos e o mundo dos mortos pareciam uno, e ainda que os vivos não pudessem transpor a barreira imposta pela morte, tinha a impressão de que os mortos iam e vinham, a seu bel-prazer, sem passar pela portaria.

Mas enquanto o terror emanava apenas da caixa colorida de vinte e cinco polegadas, bastava apertar o botão de desligar, contar as estrelas fluorescentes no teto, rezar ave-marias e pais-nossos, ignorar os ruídos espontâneos da casa, e cair no sono de cansaço. Todavia, às vezes ele se impunha no cotidiano. No rosto ensanguentado da vizinha que implorava pela ajuda de vovó, *Dona Divina, eu preciso que a senhora faça ele ficar longe de mim!*. Nos animais eviscerados nos trilhos do trem. Nos miolos grudados no muro diante da escola depois de um acidente de moto. Nos meninos da rua de trás que enfiavam a mão dentro da minha calcinha até doer quando ninguém estava olhando. Nas larvas que eu precisava tirar com uma pinça dos pés de meu avô. Na notícia de primeira página no jornal da cidade.

Dois dias antes da noite de apagão que mudaria o curso de todas as coisas, a *Gazeta Regional* publicou que uma menina de sete anos, Mayara Azevedo de Souza, havia desaparecido de um bairro rural, na região da Vila Silvestre.

— Que tristeza... — suspirou vovó, atirando o jornal sobre a mesa de centro. — Logo chega a mãe dela pedindo pra eu achar a coitadinha. Mas anota o que eu tô dizendo: essa aí já foi, viu? Apagou feito vaga-lume amanhecido.

Prestei atenção na foto da menina banguela de calças curtas. Tinha o cabelo amarrado em duas tranças, os olhos apertados contra o sol, um sorriso muito vivo enchendo o rosto. Traços genéricos, comuns, como qualquer criança que eu via no parque ou brincando de pega-pega no recreio.

— Às vezes você não tá sentindo nada porque ela tá em outra cidade, vó. Às vezes ela fugiu com o circo e foi ser trapezista. Às vezes tá aprendendo a ler a sorte com os ciganos ou pegou carona e tá na casa de algum parente.

— Essa menina tá é debaixo da terra feito mandioca-brava.

Na noite em que Mayara veio avisar onde estava seu corpo, eu tinha onze anos completos, dois joelhos ralados, nove unhas nos pés, dois olhos, dois ouvidos e vinte e três dentes na boca. Enquanto vovó tomava banho e meu avô seguia vegetando entre os lençóis manchados, eu assistia ao drama das meninas do orfanato Raio de Luz.

Estava dançando *tudo-tudo-tudo-é-teu-é-só-querer* diante da televisão quando as luzes do bairro se apagaram de uma só vez, a goela faminta da noite fechando seus dentes sobre a casa.

PARTE I

MANDIOCA-BRAVA

1

A escuridão despencou feito mochila sobre minhas costas.

Ainda bamboleando os braços no ritmo das Chiquititas, e temporariamente cega pela sala caliginosa, tropecei na mesa de centro, derrubando o porta-joias onde vovó guardava meus dentes de leite. Com um ruído surdo, eles se espalharam em formação de búzios sobre o tapete, enviando uma mensagem inexplorada. Usando o pé como pinça, pesquei cada uma daquelas pedras feitas de osso, enquanto tentava visualizar a disposição dos móveis da casa, já bastante acostumada às quedas semanais de energia.

— Vó? Caiu a força de novo. Você ainda tá no banho?

Em resposta, um som ritmado veio do único banheiro, a poucos metros de distância; batidas urgentes na porta, a maçaneta de latão sacolejando em frenesi, tão alta em sua dança metálica que encobria o ruído de água corrente do chuveiro.

— Você tá presa no banheiro?

No silêncio que se seguiu à pergunta, acompanhado somente das batidas incessantes e do barulho da maçaneta, fui tomada de uma estranheza incômoda, uma eletricidade que enchia o espaço e os poros de estática. O ar ganhara espessura e matéria — maria-mole entalada na garganta. Podia cortá-lo, segurá-lo entre as mãos se quisesse, como uma mangueira de onde a água jorrava vibrando, subindo pelos braços, fazendo dentes e ossos chacoalharem.

Depositando os dentes sobre a passadeira bordada, tateei a mesa de centro em busca do isqueiro de vovó, e, tão logo o encontrei, com passos seguros de exploradora, acendi todas as velas que achei no caminho.

Fosse pelos trabalhos espirituais, por devoção ou praticidade, vovó colecionava todo tipo de velas: palito, de promessa, coloridas, decorativas, em formato de anjos, fadas, flores. Eu conhecia a função e a posição de cada uma delas sobre os móveis, adorava o perfume de parafina derretida, e a maneira como a casa se transformava à meia-luz, iluminada pelas chamas; sanfonando nas sombras, expandia-se e retraía-se em movimentos de cobra vermelha — uma festa de mil fogueiras.

Comecei meu cortejo na sala de estar e terminei no quarto principal, iluminando meu avô em suaves tons de vermelho. Ele estava deitado imóvel na cama, de olhos arregalados. Aqueles globos cintilantes, como brasas lúgubres, eram a única parte viva de seu corpo encarquilhado, anguloso e cheio de escaras.

— Acabou a luz. Não é nada, não.

Ele me encarou com seu perfil de ave de rapina, severo e inquisitivo, as mucosas das pálpebras dobradas para fora. *Seu avô tem olhos de goiabada*, Lipe havia dito certa vez, e, por muito tempo, não consegui olhar diretamente para ele sem rir pelo nariz. Mas ali, eu e ele sozinhos no escuro, com o som de batidas na porta crescendo, não vi graça nenhuma.

— A vó tá no banheiro.

Sob a luz das velas, os olhos acusadores de meu avô se assemelhavam a carne filetada. Desde a pele emaciada e repleta de hematomas até os pés escavados, tudo nele remetia a um matadouro.

— Mas tá tudo bem.

Ao perceber que eu havia terminado de acender a última das velas do quarto, meu avô fechou os olhos novamente, encerrando nossa comunicação.

Quando nasci, ele já não falava; por isso, nosso contato sempre havia sido superficial e desinteressado. Meu avô só reconhecia minha presença se precisasse de ajuda, e eu o via como um objeto inanimado, um brinquedo que só mexia os olhos de lá para cá sob o comando de uma alavanca. A paralisia generalizada, combinada à vivacidade daquele olhar injetado e sombrio, que caía sobre mim feito um martelo de juiz, me causava um desconforto progressivo. Eu o detestava.

— Beatriz, vem me ajudar com o seu avô — vovó chamava, sempre interrompendo um campeonato de futebol, uma lição de casa, um pique-esconde, os *Thundercats*, e lá ia eu, a contragosto, tapar o nariz e respirar pela boca.

Com o passar dos anos, ainda que fosse minha obrigação ajudar vovó na maioria dos cuidados que exigiam força física — com exceção do banho, sempre dado a portas fechadas —, eu fazia o possível para fugir. Fiquei boa nisso; saía correndo portão afora ou escalava as árvores do pomar e pulava o muro do quintal, escondendo-me na casa de Nanda e Cadu, mesmo que vovó me esperasse chegar, tarde da noite, com o cinto enrolado feito cobra sobre o colo. Não conseguia evitar;

em minhas mãos jovens, cobertas de tatuagens laváveis e manchadas de caneta hidrocor, o toque daquele corpo idoso parecia encher os poros de morte.

As histórias de vovó que mais me surpreendiam eram aquelas em que ela recordava a juventude do casal, exaltando a beleza dele (*Era o moço mais bonito, o mais elegante e cavalheiro dessas bandas*, ela dizia) e a bravura (*Você sabia que ele quase prendeu o Bandido da Luz Vermelha?*), quando, para mim, ele não passava de um amontoado de pele e ossos, um bebê octogenário que exigia cuidados extenuantes e infinitos.

Eu observava a doçura com que vovó trocava as fraldas dele, passando Hipoglós na bunda magra e perebenta com cuidado, entoando todo o tempo *meu amor, meu bem, minha vida*. Prestava atenção na delicadeza com que beijava seus pés diabéticos, quase duas couves-flores de carne esverdeada, e sentia um repuxar no estômago, nojo e tristeza misturados, uma solidão que mastigava meu peito sempre que ia me deitar, sozinha, no quarto dos fundos.

Às vezes, meu primeiro pensamento ao despertar era *será que ele morre hoje?*, e uma eletricidade eufórica percorria meu corpo, uma ânsia temerosa e acanhada de liberdade. Nesses dias, enquanto o alimentava com a colher, ajudava vovó a virá-lo na cama ou trocava os curativos úmidos por gazes novas, fantasiava com seu velório e enterro. Meu sonho era ver meu avô em um caixão forrado de cetim vermelho, igual ao do Drácula.

Nas minhas fantasias, vovó pranteava um choro breve, depois mudava a decoração do quarto de casal, trocando a cama grande por duas camas de solteiro. Então, arrumávamos uma única mala, nossas roupas entrelaçadas em um bolo só, e, pela primeira vez, ela me levava para viajar — só nós duas, deitadas na areia, com o mar quebrando sobre as unhas manicuradas dos nossos pés.

2

Comecei a desejar a morte de meu avô quando tia Edna pediu que, para o Primeiro de Maio, apresentássemos um cartaz contando o trabalho de nossos pais. Recém-chegada à cidade, a professora tinha o rosto cheio de melasma, fumava cigarros de caixa vermelha com o braço esticado para fora da porta da sala de aula e usava alpargatas muito gastas. Dentro delas escondia unhas encravadas que, mal nos aproximávamos, impeliam-na a gritar:

— Não vá me pisar no pé!

À parte a tensão que nos impunha sempre que precisávamos cruzar seu caminho para mostrar o caderno ou jogar as aparas de lápis no lixo, eu gostava dos raros vislumbres de seus dentes alcatroados, e da nuvem de Monange e nicotina que denunciava sua presença.

No dia da apresentação, encostada ao quadro-negro, eu segurava uma cartolina pintada de giz de cera. Queria ter falado sobre vovó e seus talentos, mas ela havia me desencorajado:

— O que eu faço é meu fardo, não meu trabalho.

Portanto, em letras de fôrma espremidas e desiguais, escrevi a patente militar de meu avô, e desenhei com esmero o brasão que ficava guardado na gaveta da mesa de cabeceira.

— Então seu avô é polícia? — tia Edna interrompeu antes que eu começasse, tragando o cigarro de pé ao lado da porta.

— Aposentado, tia.

— E trabalha onde? Aqui ou na capital?

— Quando ele era mais novo trabalhava na capital. A família morou lá por um tempinho. Mas eu nasci aqui.

— Que pena — ela respondeu, em voz baixa. — Que triste saber disso.

A sala de aula interrompeu a balbúrdia corriqueira, guardando silêncio de colmeia para me observar levando bronca. Sem saber se devia continuar, mas sentindo que havia feito algo de errado, afinei a voz e adotei o tom doce que usava para me livrar das surras de vovó:

— Hoje em dia ele não é mais polícia. Tá muito velhinho e fica só na cama. É que antes de eu nascer ele levou uma bala na coluna, sabe? Nem falar ele fala, coitado.

— Ah, é? Menos mal. Se isso não é justiça divina, não sei o que é — tia Edna respondeu, apagando o cigarro. — Bom, se o seu avô foi polícia então eu não gosto dele. E nem ele de mim. Agora pode sentar.

Cadu e Lipe trocaram risadas nervosas com as outras crianças da sala ao me verem passar com o cartaz amassado nas mãos. Sentei em meu lugar perpétuo ao lado de Lipe e afundei a cabeça nos braços, mergulhando o rosto no moletom dobrado sobre a mesa.

— Achei seu desenho bonito — ele disse baixinho. Não respondi, dormi até o horário da saída. Ninguém me incomodou.

Na semana seguinte, tia Edna chegou determinada à sala de aula, pedindo à 4ª A, sem desgrudar de mim os olhos inclementes, que fizéssemos um trabalho sobre a ditadura militar.

Não entendi a intenção da professora; em 1999, a ditadura que eu conhecia só estava nos caracóis dos cabelos do Roberto Carlos, e vovó quase nunca dava detalhes sobre a carreira militar de meu avô. Se eu fazia alguma pergunta específica, suas respostas eram vagas — o olhar procurava manchas de bolor no teto, fios de cabelo no piso. Ainda assim, me senti desconfortável; quase como se pressentisse uma maldade se acercando, vinda não só da repulsa de tia Edna, mas também da existência misteriosa e opressora daquele avô que eu só conhecia por meias-palavras e histórias desconexas.

Quando tinha trabalhos para fazer, eu aproveitava a desculpa para ir à biblioteca. Nunca convidava ninguém. Gostava de enfrentar sozinha meia hora de pedaladas na bicicleta enferrujada de minha mãe, guardando o estojo e o papel almaço dentro do cestinho preso ao guidão, feliz em atravessar ruas e praças com um repuxar dolorido nos joelhos esfolados.

A biblioteca municipal ficava no centro da cidade. Uma casa antiga de dois andares, pintada de amarelo-gema, com um grifo branco encimando a porta de três metros de altura. Encostava a bicicleta no poste, sem cadeado, torcendo para que a roubassem e vovó me comprasse uma nova, e depois galgava os três degraus de entrada pulando em um pé só.

Uma vez lá dentro, respirando a poeira de traças e piolhos-de-livro, diferente da vontade de fazer xixi que me acometia sempre que brincava de esconde-esconde, eu sentia uma súbita dor de barriga. Conseguia me ver agachando ao lado de uma das estantes de madeira, abaixando a calcinha até os tornozelos, afastando os pés e depositando ali um montinho quente — reflexo peristáltico do relaxamento que sentia no silêncio organizado dos livros.

Passava horas no porão gelado onde ficava a seção infantojuvenil, um cômodo inóspito e sempre vazio, como se os livros para crianças fossem uma coisa proibida ou secreta, o inconsciente da casa — a base do iceberg debaixo do oceano. Ali, tomava emprestados livros da coleção Vaga-Lume, encantava-me com contos de fadas, chorava com as histórias de José Mauro de Vasconcelos, vivia as aventuras d'Os Karas, aprendia sobre mitologia e folclore, viajava para lugares distantes, e, sobretudo, sonhava acordada.

Naquele dia, no térreo, onde ficavam as mesas de estudos, passei a tarde fazendo o trabalho pedido por tia Edna. Mascava um chiclete ácido atrás do outro, que explodiam na boca, enchendo-a de azedume, um sabor de suco gástrico artificial e arenoso. Nos livros, enciclopédias, revistas e jornais que encontrei com a ajuda de uma bibliotecária jovem e distraída, descobri coisas novas com nomes compridos que remetiam tanto a Deus quanto a balas de revólver.

Anotando a lápis na folha de almaço, acessava detalhes de uma história que não me pertencia, sem compreender a fundo o que estava lendo. Estava de mão esticada, prestes a agarrar uma flor exótica que saía da terra à beira de um precipício; meus dedos roçavam nas pétalas, mas eu não permitia que o corpo acompanhasse o movimento do braço. Algo atávico intuía que, se tocasse a flor, ela se transformaria imediatamente em uma boca de lobo.

A foto da menina apareceu duas vezes. Primeiro na manchete de um jornal, depois na capa de uma revista. De certa forma, éramos aparentadas. Nós duas tínhamos a franja torta, o cabelo escuro, os dentes da frente separados, as bochechas rechonchudas. Até a boneca que ela segurava com carinho perto do rosto, uma Susi de décadas atrás, mas ainda assim uma Susi, era parecida com as que compunham a coleção da minha mãe.

Segundo os recortes, ela tinha oito anos quando sumiu. Havia sido torturada e estuprada durante dias. Os assassinos tinham dilacerado, a dentadas, os seios que mal despontavam, a barriga arredondada de menina, a vulva minúscula e infantil. Desovado atrás de um hospital, o cadáver tinha sido encontrado já em decomposição: o ácido desfigurara o rosto bonito que já não sorria, ainda que mostrasse os dentes. No jornal, a foto exibia um carrinho de mão com umas pernas muito morenas se projetando para fora, e parte de um crânio carbonizado que parecia prestes a esfarelar feito pó de cana. Fuligem de menina ao vento.

Dúvida e horror inflaram dentro de mim, como um balão de festa gigante cheio de balas. Porém, antes de permitir que a pergunta se assentasse, e de voltar para casa em fúria para encarar os olhos injetados do velho desconhecido de quem eu precisava trocar as fraldas, peguei uma agulha, furei a bexiga imaginária, espalhei o conteúdo do balão para todos os lados e guardei todas as balas — mofadas e repletas de formigas — em uma gaveta dentro da minha cabeça.

Ao chegar em casa no começo da noite, com as pernas ardendo de tanto pedalar e os olhos vermelhos, eu já havia me forçado a esquecer de tudo.

3

— Vou lá ver se a vó tá bem — avisei meu avô, aproveitando seus olhos cerrados para sair do quarto e parar diante da porta do banheiro com uma vela acesa na mão. As batidas, ininterruptas desde o momento em que as luzes se apagaram, cessaram no mesmo instante.

— Vó? — chamei, testando a maçaneta, enquanto o silêncio crescia do outro lado. A porta estava trancada. — Ué, por que você trancou a porta?

As chamas das velas pintavam as paredes, ampliavam os aposentos da casa, dando a tudo um ar sagrado de catedral. Esperando por uma resposta, encostei-me na parede do corredor, aproveitando a vela para fazer um cachorro com as sombras. Movi o dedo mindinho para cima e para baixo, mas meu anelar sempre se separava, teimoso. A sombra refletida na porta do banheiro mexeu a boca do jeito errado, com o focinho partido ao meio. *Au-au*. Tentei de novo a maçaneta.

— Abre a porta, vó. Esqueceu como é que abre a porta?

Certa vez, alguns anos atrás, quando ainda era muito pequena, acabei me trancando sem querer dentro do banheiro. A chave era velha e a lingueta estava enferrujada. Gritei e chorei pelo que me pareceram horas, tentando sair pelo basculante, torcendo, em pânico, a chave travada na fechadura. Vovó resolveu o problema enfiando uma folha por debaixo da porta e cutucando o buraco até que a chave encrencada, a mesma velharia de latão, caísse sobre ela e pudesse ser puxada para o outro lado.

— Vovó Didi, eu vou abrir a porta, tá bom? Peraí que eu já volto.

Fui até a mesa da sala de jantar, remexi dentro da mochila da escola e voltei com uma folha sulfite que havia atochado de qualquer jeito entre os cadernos. Era um desenho do *Titanic*; um navio pintado de preto com traços grosseiros, vários bonecos-palitos representando pessoas jogadas ao mar, um iceberg azul-anil e dois tubarões nadando em meio às vítimas do naufrágio. No canto de cima, quase totalmente apagado com a borracha, viam-se dois peitos redondos e um colar em formato de coração.

Enfiei a folha debaixo da porta e usei uma das agulhas de crochê de vovó para empurrar a chave do buraco da fechadura. Ao puxá-la de volta, a chave da porta do banheiro, pequena e acobreada, repousava na diagonal sobre o desenho.

— Pronto.

Como só ouvia o gotejar do chuveiro, girei a chave. A porta se abriu lentamente, as dobradiças enferrujadas gemendo, uma golfada de escuridão ocupando toda a minha vista. Pisquei algumas vezes e pude enxergar vovó parada no umbral.

Tinha os olhos bem arregalados, abertos como janelas, tão expandidos que a parte colorida, de um verde opaco, muito diferente do azul-céu de costume, parecia pequena na imensidão branca dos globos oculares. Ainda tinha espuma nos ombros curvados, na barriga murcha, nos seios pendidos e nos pelos pubianos. Meu olhar se demorou ali, naqueles pelos esparsos e grisalhos na penumbra;

mais embaixo, pedaços de carne pendurada. A vulva de vovó não tinha nada em comum com a floresta escura das moças nas *Playboys* de Cadu ou com meu próprio monte de vênus — pelado e gorducho. Parecia o rosto de um homem velho e barbado. Senti nojo.

— Vovó Didi?

Antes de emitir um grito longo e sofrido como resposta, vovó soltou a bexiga e os intestinos ao mesmo tempo, manchando as pernas e o chão de um líquido escuro e malcheiroso que respingou nos batentes.

— *Mamãe...* — ela disse chorando, em um lamento abismal que pareceu ecoar por todo o bairro, a boca vazia se desfazendo em fios espessos de baba. — *Mamãe...*

Apesar das ondas de pânico que me paralisaram diante da cena, eu soube de imediato: estava a sós com um fantasma.

A presença estranha se impunha alterando a gravidade, turvando os sentidos, como uma peça mal encaixada em um quebra-cabeça, um pedaço cujas arestas tivessem sido cortadas para compor o desenho final. Na agilidade dos movimentos, no tom agudo da voz, até na quantidade de piscadas por minuto — aquela não era a minha avó.

Só então tomei consciência da presença inútil e agonizante de meu avô, das sombras que devoravam a casa, de meu tamanho reduzido diante da velha nua, imunda e desvairada, que gritava com a voz entrecortada de soluços, espelhando meu próprio terror.

Se vovó recebia espíritos, para onde ia quando um deles entrava e se sentava dentro dela, como um rei em um trono?

Desviando os olhos daquela nudez desamparada, escondi o rosto nas mãos. Imaginei vovó na poltrona de uma sala de espera, as agulhas de tricô cantarolando no resplendor alvo do recinto, uma mortalha de cabelos trançados se derramando sobre o chão.

— O que foi, minha filha? Tá com medo de quê? Você não sabia que o cabelo continua crescendo depois que a gente morre? — ela riu, envolvendo os ombros com o bordado hirsuto.

Às suas costas, azaleias rubras floresciam das paredes, encasulando-a em um emaranhado de ramos pontiagudos de onde cigarras berravam, *Mamãe! Mamãe!*, com bocas afiadas de colibri.

Volta logo, por favor, implorei, forçando o pensamento para que ganhasse dedos e atravessasse dimensões, alcançando-a em sua crisálida de cabelos e flores. Vovó fechou os olhos enquanto eu abria os meus, de volta à casa dos mais-ou-menos-vivos.

Iluminado pelas velas, o fantasma me esperava.

— Quem é? — ofeguei, e, com um grito galopante, ele se atirou sobre mim, o seio mole se esmagando contra minha boca, numa triste paródia de amamentação.

Amparei o peso escorregadio daquele corpo pantanoso e deixei que chorasse por um tempo, exatamente como fazia quando vovó e eu visitávamos o túmulo de Ângela, abraçando-nos no sol quente até que nossos corações sincronizassem a mesma música.

— Mamãe...

O pavor que eu mastigava com dentes de leite foi invadido por uma torrente de ternura. Acariciando a cabeça espumosa de vovó, engoli a intenção de gritar até que os vizinhos arrombassem a porta da frente. Eu não podia deixá-la daquele jeito. Tão vulnerável, suja e despida, à mercê do escrutínio da cidade que comentaria, por anos, sobre a noite em que viram as pelancas sagradas, a xoxota santa, a diarreia sacra de dona Divina.

Rezando, levei-a para o quarto com o máximo de serenidade que consegui reunir, recordando todas as vezes em que a havia visto sentada numa cadeira de espaldar alto, trajando branco e balançando pacificamente de um lado para o outro, com o grupo de apoio rezando uma corrente ao seu redor.

Vovó recebia espíritos todas as sextas-feiras do mês no casarão dos Morano, a sede da Comunidade do Divino Espírito da Flor Vermelha. Lá, a cidade se reunia para consultas, sessões de cura e trabalhos mediúnicos. Segundo vovó, ela os fazia pois precisava domar os maus espíritos do lugar, livrar o vilarejo da praga da Mulher Vermelha, dos esconjuros e desgraças que acometiam cada um de nós, trazendo violência, doença e morte. No início, temerosa da maldição, eu rezava toda noite pelo seu fim, mas, depois que comecei a assistir aos telejornais, descobri que o mundo inteiro sofria do mesmo problema. Aparentemente, todo povoado tinha sua própria assombração. Por isso, deixei a nossa para lá.

Sentada na cama ao lado de meu avô, espectador mudo que voltara a abrir os olhos, vovó continuava chorando baixo, a toalha enrolada em volta dos ombros, a pele branca luminescente nas trevas, enquanto eu a limpava com o mesmo punhado de lenços umedecidos que usávamos em meu avô. De vez em quando ainda chamava a mãe com uma voz cansada e triste.

Continuei rezando, estremecendo e hiperventilando, empenhada na minha tarefa, repetindo a cantilena religiosa da qual desconhecia o sentido. Tudo parecia mudado. Assustavam-me o contorno dos móveis, as sombras que se moviam dentro do quarto, as estátuas dos santos e suas miradas fixas, o relógio da sala que tiquetaqueava as nove horas da noite, horário em que eu já devia estar dormindo no quarto de Ângela.

Quando terminei de limpá-la e a vesti com uma camisola de algodão, uns poucos fios brancos apontando das axilas flácidas, vovó parou de chorar e levantou a cabeça. Os olhos verdes estavam escuros, escancarados e foscos. Dois poços cheios de água suja. Mostrou as gengivas rosadas e lisas em um sorriso genuíno:

— Oi. Como você se chama? O meu nome é Mayara.

— Beatriz.

Respondi no automático, adestrada para agradar. Ao dizer meu nome para a pessoa que me havia batizado, ele soou estranho aos meus ouvidos. Vovó dizia que "Beatriz" significava "felicidade", mas na escola eu era "Bolatriz", para Lipe eu era "Bibi", e no meu diário era

Bonita

Elegante

Alegre

Triste

Romântica

Imbecil

Zumbi

Que sentido meu nome teria para um fantasma?

— Posso brincar com ela? — perguntou Mayara, pegando uma boneca que estava jogada sobre a mesa de cabeceira.

O fantasma abraçou e cheirou o brinquedo com que vovó havia presenteado Ângela em um de seus últimos Natais. Observei enquanto ela cruzava as pernas sobre a cama em posição de lótus, acariciava os cabelos de lã vermelha da boneca e arrumava a barra do vestido estampado de morangos com trejeitos desenvoltos de menina nova, tão diferente dos movimentos artríticos, contidos e travados de vovó. Mayara piscou os olhos com doçura, respirando fundo. Em seguida, ergueu a cabeça de novo, animada.

— Quantos anos você tem? Eu vou fazer oito.

Encarei aquele rosto marcado de rugas, manchas e papilomas, a boca ressecada coberta de batom, o pelo grosso que espetava de uma pinta no pescoço. E acreditei.

— Onze.

— Quase igual o meu irmão. Meu irmão tem doze. O nome dele é Gabriel. E minha mãe se chama Aline. Ela tá me procurando. Ela procura o dia inteiro. Ela chora e chora e chora e chama o meu nome. Mas ela nunca vai me achar. Ninguém vai. Eu tô escondida lá no fundo. E ele vai continuar vindo e me machucando. E vai continuar doendo aqui dentro.

Mayara apertou as mãos contra o ventre e chamou pela mãe por mais alguns minutos, gemendo e balançando o corpo para a frente e para trás, como vovó na cadeira de balanço. Então parou, e, com um toque gelado, puxou meus braços para a frente. Quase encostando a ponta do nariz no meu, balbuciou, emanando um hálito condensado em fumaça avermelhada sob o brilho das velas:

— Beatriz, se eu te levar onde tá o meu corpo, você conta pra minha mãe onde me achar?

4

Eu só conhecia o bairro industrial pelo cheiro de fumaça queimada, biscoito assado e casca de laranja que emanava de lá em determinadas horas do dia e se espalhava pela Vila das Amoras. Ficava perto de casa, a quatro ou cinco quarteirões de distância, em uma área repleta de terrenos vazios, oficinas, fábricas e as antigas casas geminadas da Fepasa, alinhadas junto à linha da ferrovia como pedras em um colar de miçangas.

Na infância, vovó havia trabalhado na fábrica de biscoitos, viajando da fazenda do avô até o bairro industrial antes de raiar o dia:

— Ia de jardineira, filha. Chegava na Bela Vista cuspindo tijolo; na volta, pendurava no trem, acabava com a roupa toda furadinha de brasa. Era assim: eu precisava ganhar meu ordenado pra ajudar a mãe e o pai. Pensa que eu fui criada a pão de ló que nem você? De jeito nenhum. Com oito anos eu já labutava.

Mayara, morta antes de completar essa idade, mostrava-me o caminho. Os pés descalços com unhas pintadas de vermelho avançavam sobre a estrada de paralelepípedos negros; uma Dorothy curvada e idosa, vestindo uma camisola branca que iluminava a noite como candeia, uivando um choro doído durante todo o trajeto.

Era fevereiro, mas eu sentia frio; na via escura, postes apagados tocavam os céus, silhuetas de casas se escondiam no buraco da noite — a escuridão era a garganta arreganhada e gulosa de um gigante. Além dos trilhos, ao longe, o farol dos carros passando na rodovia se misturava ao bruxuleio dos vaga-lumes.

— Mayara — sussurrei, meias-luas decalcadas nas palmas das mãos. — Cadê a minha avó?

Por um breve momento, pensei que ela não tivesse ouvido minha pergunta em meio aos próprios gemidos de sofrimento, mas, antes de entrar em um terreno baldio que se estendia por alguns metros até se unir a um bambuzal, Mayara virou para trás e respondeu, seu rosto um borrão pálido sob o luar:

— Ela tá dormindo. Tá dormindo em um colchão de ossos dentro do bercinho dela.

Então, voltou-se para a frente e adentrou o terreno. Não se importava com os cortes causados pelos agaves nas pernas delgadas, de pele mais frágil que seda, tampouco com os carrapichos e picões que se agarravam, parasitários, ao algodão da camisola. Atravessou o terreno afobada, o choro se erguendo em um pranto alto e desesperado, e se meteu por entre uma parede de bambus. Eu a segui, em transe, mal registrando os metros percorridos, o chão coberto de embalagens de comida e bebida, o lençol rasgado e cheio de manchas, a calça de uniforme suja de terra.

— MAMÃE!

Mayara caiu de joelhos alguns passos adiante, com um jorro escuro de vômito umedecendo o solo, o corpo sacudindo de espasmos. Avancei cambaleando, como sonâmbula, e então percebi que estava vendo a cena de longe, do alto; vivendo uma experiência extracorpórea ou uma poderosa dissociação. Sentada na poltrona do cinema da minha cabeça, assisti ao filme da descoberta de Mayara em um telão iluminado por centenas de holofotes.

Sobre um buraco raso e cavado às pressas, parcialmente enterrado e sarapintado de formigas dançarinas, um cadáver de criança assomava à terra. Os insetos marchavam, apressados, sobre os pés calçados de sandálias de plástico cor-de-rosa, cobrindo a calcinha amarela manchada de sangue seco, as mãos atadas às costas com arame, a blusa de uniforme rasgada, o pedaço de corda passado pelo pescoço estreito. Subindo em fila indiana, as formigas se aglomeravam nos olhos abertos, enfiavam-se pelas narinas cheias de espuma rosada, desviavam-se da língua preta que apontava para fora da boca, movimentavam os cabelos que, em tranças desfeitas, assemelhavam-se a raízes. Reconheci a menina que havia visto no jornal.

— Não olha, filha! Olha pra vó, olha pra mim!

Vovó Didi, com a boca e os olhos em O, de repente ocupou todo o meu campo de visão. Me puxou para perto com os braços pingando sangue, dizendo *shh, shh, shh, calma, calma, calma*, acariciando meu rosto com as duas mãos.

Só então percebi que eu estava gritando.

Parte de mim, um pedaço distante e preguiçoso, tentou vencer os quilômetros, cortar a urina que se derramava urgente, encharcando a calça curta do pijama, formando uma poça que as formigas evitavam com cuidado. Esforcei-me para fechar os olhos que imprimiam nas retinas a imagem da menina morta; mas uma onda gigantesca de pavor me levou de novo e de novo e de novo à flor vermelha de sangue seco que se espalhava na calcinha que ela usava.

Desvencilhando-me de minha avó, embrenhei-me no bambuzal, o medo de pisar em cobras e outros animais peçonhentos de repente tão distante quanto as luzes da cidade. Fugia não só da menina morta, mas também da armadilha do meu corpo — intuía a ameaça daquele espaço vulnerável, ferida aberta e derramadora de sangue, capaz de atrair um tipo muito perigoso de besta. Portas se abriram, fresta a fresta, e rostos espiaram de longe enquanto uma sinfonia de latidos acompanhava os gritos que irrompiam da minha boca. Logo, o vermelho e o azul das viaturas alumiaram o céu como fogos de artifício na madrugada.

5

Quando voltamos da delegacia já passava da hora do almoço. Vovó trocou as roupas sujas e ajeitou o cabelo com fixador, os óculos de armação quadrada dando aos olhos aumentados um ar de drosófila. Era a avó perfumada e asseada que eu conhecia e amava. Lamentava o ocorrido; acreditava que as circunstâncias do desencarne de Mayara haviam despertado a sanha da Mulher Vermelha, e que esta, ensandecida, arrombara a porta de sua mediunidade. O fantasma, então, havia entrado sem licença, sem que nenhuma das duas — nem ela e tampouco a criança — percebesse o que tinha acontecido.

Escoltando-me até o quarto dos fundos, me cobriu com um lençol e depositou uma caneca de chá de camomila sobre a mesa de cabeceira, pintando um anel de umidade na madeira.

— Você me perdoa, minha filha?

Não tive forças para responder, tomada de calafrios; ainda me sentia desencaixada, sufocada em folhas de mandioca-brava. O corpo doía da noite passada em claro, a cabeça chiava com o ruído de fundo das vozes dos policiais. Já não me lembrava de muita coisa. Fechei os olhos, mole de sono. Vovó mediu minha febre com as costas da mão.

— Você deve ter ficado assustada comigo. Viu coisa que num devia ter visto. Que criança nenhuma, pessoa nenhuma devia ver. Eu sei que isso vai ficar na sua cabeça pra sempre. E como sei... — disse, apoiando o antebraço na minha nuca. Então serviu-me um pouco do chá que, de tão doce, queimou a garganta. — Nessas hora eu sinto muita falta do seu avô, sabe? Ele sempre foi muito cheio de nove horas. Era ele que mediava os espírito, guiava pro lugar certo, preparava os ritual e as cerimônia, fazia do jeitinho que tinha que ser. E anotava nos caderno tudo. Num tinha perigo nenhum, tristeza nenhuma, eu podia ficar sossegada. Ele cuidava de mim.

Os cadernos de meu avô, brochuras de capa dura, ficavam guardados no armário da cristaleira, junto à coleção da enciclopédia *Barsa* e de uma pilha de revistas *Contigo!* e *Faça Fácil*. De vez em quando eu os folheava, mas a ausência de figuras, a caligrafia tortuosa e o volume de palavras, preenchidas até as margens, me afogavam.

— Minha filha — vovó continuou —, preciso te contar uma história que nunca contei antes porque acho difícil falar disso. É um negócio que me dói. Mas ela vai te ajudar a entender melhor o que aconteceu hoje.

À menção de uma história, abri os olhos e me sentei na cama, voltando à vida. O sol entrava pelas cortinas e inundava o quarto, a luz atravessando os vidros de perfume de Ângela e pintando prismas nas paredes.

— Eu sou aquilo que muita gente chama de médium, sensitiva ou vidente...

— Eu sei, vó. Eu sei disso desde que nasci. Eu já vi mil vezes. Lá nos Morano — interrompi, e vovó sacudiu a cabeça, paciente.

— Você ainda é muito menina, Beatriz. Não sabe da missa a metade. E por mim continuava sem saber. Mas, depois de ontem, eu vou te contar como tudo começou. Presta atenção e não me interrompe, senão eu perco o fio da meada.

"Eu sou assim desde menina nova, nem sei dizer quando; andava sempre quieta, ressabiada... Sentia medo de tudo, vivia cheia dos calafrio, por isso nunca tirava meu casaquinho de lã. Meu braço era que nem frango depenado, juro pra você, filha. Eu ainda demorei um pouquinho pra entender o que é que eu tinha, sabe? Mas a verdade é que eu já via gente estranha por aí. Às vezes enxergava uns vulto, sabia de coisa que nunca tinham me contado, mas ainda num diferenciava um negócio do outro. Meu sonho era ser freira, você sabia? Desde que nasci, eu via uma moça todinha de branco, mas essa visão morava dentro do olho da minha cabeça. Eu lembro direitinho: duas mão escura podando um roseiral amarelo. E eu sentia uma paz por dentro, uma coisa gostosa... Eu já sabia que aquela moça era eu, né? Não a eu de agora, mas a eu de antes... De outra vida. Sei lá onde. Num lugar longe e bonito, onde fui feliz.

"Um dia, morreu um amiguinho meu. Morreu não; é até desaforo falar assim, 'morreu', como se fosse de doença ou tragédia. A verdade é que mataram ele. E eu fui uma das pessoa que achou o corpo. Todo furado de faca, recheadinho de macaúba, no barraco do moço que fazia uns serviço de roçado pro pai dele. Até hoje, eu num posso nem sentir cheiro de macaúba, num posso nem ver pé de macaúba lá longe, na estrada, que já me sobe um engasgo, uma ânsia. Tenho que fazer força pra num vomitar... Fecho o olho, tampo a cara, você já deve de ter visto. Você sabe que ele até virou menino santo aqui na cidade? Que o povo enche o túmulo dele de oferenda, de doce, bala, carrinho...? Eu já te levei lá, num levei não? Levei. Aquele túmulo azulejado com um anjinho sentado em cima? Pois é. É a sepultura do meu Toninho.

"Todo fim de semana, eu mais minha mãe ia no cemitério visitar o túmulo dele. E, pra mim, isso era um tormento. Era eu passar do portão que já via ele sentado no túmulo, todo furado, manchando o terninho que ele foi enterrado de sangue... O olho? Ah, minha filha, eram dois oco vazio, cheio de bicho. E eu chorava e pedia e implorava e dizia pra minha mãe que eu num queria ir; mas ela era ruim, ela num acreditava em mim, ela me forçava... 'Num era seu amigo, menina?', ela cutucava, descendo a cinta na minhas perna. 'Pois você vai lá prestar suas homenagem que esse menino precisa de reza pra num ir pro inferno.'

"E assim foi por mais de um ano. Até que um dia a mãe encontrou uma conhecida na porta do cemitério e ficou por lá mesmo, papeando, e eu tomei coragem e entrei sozinha. Logo eu vi ele sentado no meio das flor, das bala preta de formiga, dos carrinho de ferro tudo, chorando com a boca cheia de terra caindo pra fora.

"'Toninho, é eu, a Didi', chamei, e ele levantou a cabeça e virou pra mim os olho pulando de bigato.

"'É você, Didi?', ele respondeu na mesma hora, esticando os braço feito nenê de colo. 'Ai, Didi, me ajuda, meu corpo tá doendo, dói tudo... Toda hora ele vem e me fura de novo, eu num aguento mais.'

"O Toninho respirou fundo e vi mais sangue saindo dos buraco, molhando o terno azul já todo ensopado:

"'Toda vez que a mãe vem aqui e ela fala, e ela chora, e ela se bate, dói tudo em mim, Didi. Dói tudo, sangra tudo... Não tem fim.'

"E ele chorava e chorava, aquele menino morto, o meu amigo que eu num consegui salvar, então eu desatei a chorar também. 'Eu vou te ajudar, Toninho, eu vou te ajudar', eu falei, e nessa hora eu perdi todo o medo, e estiquei a mão pra ele, e ele apertou forte forte forte, com mão de prensa. Eu senti meu corpo ardendo, queimando... Na minha cabeça, ouvia alguém jogando terra em cima dum caixão, *tchof-tchof-tchof*, a terra batendo na madeira, e depois escutei o barulho de uma porta se abrindo, rangendo nas dobradiça... Fiquei sem rumo, sem saber onde é que eu tava; meu corpo pisava no ar mesmo que eu tivesse descalça no cascalho. Quando dei por mim, eu já tava subindo o alpendre da casa do Toninho, e no espelho que ficava bem em cima da mesa da sala, vi que meu olho agora tava vazado, cheio de verme pulando, e que meu cabelo claro tava escuro feito pena de tiziu.

"A mãe do Toninho tava deitada na cama, coitada, no meio de uma desordem de roupa, sapato e cobertor, com um avental todo sujo de comida velha, as perna varicosa escura de hematoma, principalmente nos joelho, que tavam preto de roxo, de tanto rezar. Ela tava chorando, e eu queria falar alguma coisa pra ela, mas na hora que ela levantou a cabeça e olhou pra mim, eu já num era eu, eu era o Toninho, e era ele que falava, e era ele que andava, e era ele que abraçava ela, enquanto eu tava dormindo num lugar gostoso e quente feito colo de mãe, bem longe dali, e sem vontade nenhuma de acordar.

"Mais tarde, eu despertei com ela rindo, me abraçando, e me enchendo inteirinha de beijo. A vizinhança enchia a casa, e tinha gente de todo canto, até a minha mãe... com o olho mais esbugalhado que o seu, sem saber o que falar e nem o que fazer. Depois disso eu sei que a mãe do Toninho rezou uma missa em homenagem a ele, que ela parou de se jogar no chão do cemitério, que voltou a cuidar da vida, e que eu nunca mais vi meu amiguinho vagando no meio dos túmulo.

"E foi assim que começou pra mim, minha filha. Você nunca me viu assim dentro de casa porque eu seguro, eu fico o tempo todo alerta, com um cadeado na porta... Mas, às vezes, eles vêm tão forte que num dá; eles arrombam a porta da minha cabeça, escancaram tudo e vão entrando, e vão sentando, e meu corpo vira só um instrumento pra eles fazer o que querem. Principalmente se a pessoa morreu de morte matada. Aí num tem jeito mesmo; é do jeito que eles querem. Os espírito às vezes são gente que nem a gente, gente comum, que você ia ver andando na rua e nem ia perceber; e às vezes eles num são bonito de se ver, e nem coisa boa. Mesmo assim, a maioria deles precisa de ajuda; até os mais vingativo e poderoso, que vêm num vendaval de sofrimento e viram tudo do avesso. E eu ajudo. Eu faço o que posso para curar as pessoa. As que foram, e as que ficam aqui e adoecem de tristeza.

"É por isso que, depois que liberarem o corpo, a gente vai no velório conversar com a mãe da Mayara."

ADEUS, ADEUS, ADEUS, CINCO LETRAS QUE CHORAM

1

MONSTRO ESTAVA ESCONDIDO NA ESTAÇÃO FERROVIÁRIA, esgoelava a primeira página do jornal da cidade, acompanhada de uma foto não do assassino, mas de Mayara. O sorriso banguela já havia aparecido na semana passada, embora, desta vez, não retratasse seu desaparecimento, mas sim o horário do serviço funerário. A alegria escancarada na fotografia destoava da ocasião.

— Deviam ter escolhido uma foto três por quatro — comentei com vovó. — Todo mundo sai com cara de defunto.

— É cada uma que você fala que parece que são duas — ela retrucou, abotoando em mim um vestido de festa de Ângela cheio de furinhos e de textura piniquenta como pernas de treme-treme.

Encolhi a barriga, prendendo a respiração até sentir uma pontada quente nas costelas. Os sapatos de fivela já mordiam a pele do calcanhar, o couro esfomeado parecendo diminuir dois números em cinco minutos. Quando soltei o ar, o tecido se retesou, e um botão saiu voando. Vovó foi buscar o kit de costura resmungando:

— É isso que dá amamentar a criança com leite Ninho.

Inclinando-me com cuidado para não estourar mais nenhum botão, peguei o jornal de cima da mesa da sala de jantar e li a manchete mais uma vez. MONSTRO ESTAVA ESCONDIDO NA ESTAÇÃO FERROVIÁRIA. Não um homem; um monstro. Monstro por dentro ou por fora? Ou os dois? De pernas bambas, como se espiasse por um vidro sujo, revi Mayara, pequena e sozinha no meio do bambuzal, mas desta vez acompanhada de um homem sem rosto, de rabo comprido e corpo felpudo.

Naquela mesma semana, Lipe, Cadu e eu havíamos entrado na casa da estação ferroviária para procurar Cindy, a cachorrinha do bairro. Perto da caixa de papelão onde dormia, encontramos um amontoado de roupas sujas e uma garrafa vazia de 51, que atiramos contra o lastro, fingindo ser uma granada de vidro moído. Achamos que eram os pertences de algum bêbado do Bar do Toco, um homem comum, daqueles que enchiam a cara para depois deitar na linha do trem e beijar os vira-latas de língua.

— Agora fica paradinha para eu não te espetar com a agulha — vovó pediu, já costurando o botão de volta na casa.

Cosi os lábios. Se contasse o que encontramos, levaria uma coça daquelas.

Vovó me proibia de ir até a estação ferroviária. Dizia que lá dentro se escondiam coisas perigosas, e que a podridão que se espalhava pela estrutura era consequência da maldade impregnada no terreno; mas de pouco adiantava. As portas entreabertas eram uma espécie de convite formal. Pareciam exigir que pulássemos sobre o assoalho afundado e corroído de cupins. Obrigavam-nos a cutucar com cabos de vassoura o vão debaixo do prédio, onde cobras davam cria dentro de embalagens vazias de Elma Chips, caçando ratazanas do tamanho de gatos. Instigavam-nos a atirar pedras nas monstruosas e magnânimas teias de aranha que cobriam as vigas do teto, crescendo como fungos amarronzados nos quatro cantos das paredes, e escondendo imensas criaturas octópodes, imóveis e sorrateiras, que nunca se mostravam por inteiro.

Às vezes eu sonhava com as fiandeiras do destino. Aracnídeas gigantescas, de todas as cores e tamanhos, que se apossavam da cidade, escalavam as casas e enfiavam patas peludas através de portas e janelas. Vorazes, agarravam a vizinhança com pedipalpos gosmentos, enrolando todos os habitantes da cidade em casulos de seda, e enfileirando-nos, penduradinhos feito miçangas em um colar, no teto alto da estação. Por muitas noites, no mundo dos sonhos ou quando passava diante da ferrovia, a pé com os meninos ou no velho Chevette de meu avô, eu imaginava que dali sairia um monstro secular, uma tarântula com rosto humano, cabelos longos e pretos, e voz de rasga-mortalha.

O fato de o assassino de Mayara ter buscado abrigo justamente naquela casinha de assombros parecia-me a materialização daqueles medos recônditos e, principalmente, a confirmação de que vovó sempre sabia de tudo.

2

O Chevette preto de vovó, que Lipe e Cadu chamavam de "possante de tartaruga", subia a ladeira aos socos. A cada metro, meu corpo deslizava sobre o assento estofado em um vaivém incessante, enchendo o interior do carro de uma poeira dourada que refletia o sol. Eu a aprisionava dentro das mãos, retorcia os dedos, criava redemoinhos de purpurina voadora, em um arremedo de bruxa. Com o motor implorando para vovó passar a segunda marcha, seguimos sacolejando morro acima, na direção do cemitério. Um cheiro quente de combustível encobria o odor fresco das aceroleiras que se espremiam nos canteiros do passeio. Toda empetecada, e imóvel dentro da camisa de força de Ângela, contive as náuseas botando a cabeça para fora da janela do carro.

Vovó dirigia em uma marola ininterrupta, um acelera-breca violento que transformava um percurso de cinco minutos em um de no mínimo quarenta. A vizinhança dizia que o motivo de sua direção nervosa era por nunca ter tirado a carteira de motorista, vendo-se obrigada a dirigir sem saber, meio de supetão, depois do acidente do meu avô. Mas a razão era outra.

Já enxergávamos o brilho das cruzes na crista do cemitério quando me recordei da história que vovó havia me contado, alguns meses atrás, numa de nossas viagens ao supermercado.

— Quando a gente morava na capital, antes de o teu avô levar o tiro que acabou com ele, a gente mudou pruma rua em que a vizinha da frente era uma mulher ruim. Como que eu sei? Ela tinha mão de urubu. E a gente vê se a pessoa presta ou não é pela mão, sabia? Tá no riscado das unha, na finura dos dedo e no formato das falange...

— E na churanha?

— E eu lá sei o que é isso, menina? Larga de besteira!

— Desculpa, vó.

— Olha lá, hein? Outra dessa e eu num te conto mais é nada.

"Então, foi só a gente se mudar pra perto daquela mulher que tudo desandou. Era só eu olhar pela janela pra casa dela que minha cabeça enchia de barulho. Barulho de gente batendo na porta. *Toc-toc-toc-toc-toc-toc!* Eu num conseguia nem pensar direito, me dava um negócio tão horrível no peito que a gente vivia com as cortina da sala baixada.

"Na hora de sair pra rua eu sempre tentava fechar o olho, fingir que num via a casa da vizinha, mas não tinha jeito; eu entrava na casa com o olho de dentro, e enxergava o inferno na terra. Um monte de gente gritando, se rasgando, comendo lixo e fralda suja; e num era só gente não — também tinha bicho, um monte de carniça pelos canto, uns osso que ela esparramava na entrada... Acho que tinha de tudo; porco, galinha, cachorro, gato e rato. A bicharada todinha. E eles ficavam tudo lá, misturado, sem saber que pata, que rabo, que dente era de quem. Eu olhava pro outro lado e saía andando, mas continuava vendo; esse povo esquisito, esses bicho batendo na minha porta tudo, querendo entrar de todo jeito. E eu falava todo dia pro teu avô que eu queria mudar logo de casa. Só que não adiantava, naquela época ele ainda num era entendido do mundo espiritual; achava que o que tava acontecendo na vizinha era muito peido pra pouca bosta, por isso dizia que a gente num tinha com o que se preocupar.

"Um dia teu avô botou fogo numa ratazana que tava dentro do galinheiro. Foi o jeito que achou de espantar o bicho. Ela voou longe, uma bola acesa, e foi descendo a rua, rolando e rolando, até virar um montinho de carvão lá embaixo que as criança da vizinha chutaram até desmanchar. Foi aí que a tragédia começou.

"Eu já tinha avisado tua mãe pra num brincar perto da casa daquela mulher e nem com as criança dela, tadinhas, que eram tudo piolhenta e sarnenta. É aquela coisa, né, minha filha? Quem com porco se mistura, farelo come. Pois naquele dia ela teimou e teimou e teimou, e saiu escondida, e foi chutar os resto da ratazana queimada. Daí que eu num sei o que foi que aconteceu no meio daquela lambança toda, eu num tava lá na hora, mas o menino mais velho desceu a mão na tua mãe. E ela era tão pequenininha, tão boazinha, uma anjinha do céu...! Você sabe disso, cansei de falar; ela era uma santa.

"Pois você acredita que o menino arrancou um chumaço do cabelo dela e comeu...? Ele puxou um tanto de cabelo que ficou até um buraco na cabeça da tua mãe, depois mastigou e engoliu aquela pelotona. Seu avô viu tudo. A vizinha também; ela tava dando risada do fuá todo quando seu avô chegou puxando o menino pelo braço e gritando que era da polícia. Pois a mulher estufou o peito e tentou enfincar as unha na cara dele, mas teu avô não teve medo não; ele botou a mão no coldre do revólver e disse que sabia onde tava o marido dela, e que se ela continuasse deixando os filho naquele estado, feito um bando de menino de rua, ele ia tomar uma providência. Ou mandava darem cabo do homem, ou tirava as criança dela. Seu avô era assim. Pelo bem ou pelo mal, ele fazia o que achava que era o certo. Mesmo que às vezes num fosse.

"E aí você sabe o que ela fez? Ela foi lá, pegou o menino pelos cabelo, e arrastou a cara dele nas pedra da rua... Depois juntou a mão na cabeça dele e foi arrancando uns punhado, o menino gritando, até seu avô impedir e dizer que ia prender ela se ela continuasse... Nessa hora, a mulher virou de costas pra ele e olhou direto pra mim. E a pele dela foi corando, afogueando, até ficar igual um caqui. Era a Mulher Vermelha. Com uma cara de ódio, ela jogou aquele monte de cabelo na minha direção e cuspiu. Um cuspe grosso, cor de ameixa... Eu peguei sua mãe e corri pra dentro, mas fiquei tontinha; quase caí na cozinha, minha cabeça parecia frouxa. Dentro da fruteira, as fruta tavam preta de podre.

"Na manhã seguinte, eu acordei pra levar sua mãe na escola e tinha uma rachadura de fora a fora na parede da sala. Que foi, você num acredita? Ô se tinha... Uma rachadura grossa assim ó, dava pra enfiar dois dedo dentro. Foi aí que teu avô foi atrás de casa nova. Então, já naquela semana, eu fui ver umas casa pra alugar em outros bairro, até mais perto do quartel, mais pros lado da casa do seu tio Afonso, que morreu bem antes de você nascer...

"Deixei a sua mãe na escola, peguei a condução, e fui lá com o homem da imobiliária. Ele me deu a chave e mandou eu entrar na casa, que ele só ia estacionar o carro e já voltava pra mostrar lá dentro. No que eu girei a chave, minha filha, eu senti minha cabeça girando junto. Parece que ela deu a volta todinha com a chave. Precisei até me aparar no batente. Quando abri o olho, era de noite. Olhei pros lado procurando o homem que tinha vindo comigo e nada; não teve jeito, decidi abrir a porta.

"E num é que eu entro e a casa tá toda mobiliada? A sala uma sujeira só... Cheia de entulho, saco de lixo, móvel quebrado... E uma coisa que me chamou a atenção: uma vitrola antiga, da época do meu pai, tocando 'Cinco letras que choram', do Francisco Alves. Era a música favorita dele. Teu bisavô Venâncio, meu pai, que morreu de barbeiro, o coração do tamanho de um bonde!, sempre que tocava essa música no rádio me puxava pra dançar. 'Adeus, adeus, adeus, cinco letras que choram...'. Minha mãe ficava nervosa porque o programa tocava bem na hora da janta, e eu era ruim de comer, sempre dei muito trabalho. Meu pai dizia que era porque eu só me alimentava de três coisa: 'arroz, feijão, e *Tangos e Boleros*'.

"Que saudade eu tenho dele... Diz que quando casei, e ele me viu ir embora, parecia que o que tava saindo de casa num era uma noiva, mas um defunto. Sabia que, no fim, quando eu tava grávida da tua mãe, eu ia no hospital visitar ele, e levava uma banana escondida no fundo falso da bolsa? Os médico num deixavam ele comer nada sólido, e meu pai amava banana. Pois eu descascava, embrulhava num lenço, enfiava no fundo falso, e ia lá só pra matar a vontade dele. Nessa época em que eu tava vicejando e meu pai definhando, eu sentava na cadeira do lado da cama, fazia carinho na mão dele e cantava essa música: 'Quem parte tem os olhos rasos d'água, ao sentir a grande mágoa, de se despedir de alguém...'.

"Por isso, no que eu ouvi a nossa música ali, naquela casa maldita, sufocada de noite, entendi que tava em outro plano. Fui me escorando nas parede que se esfarelavam, manchada de ferrugem, e eu toda desencaixada, sem controle do que faziam os pé, sem saber pra que lado ia, enquanto a música do meu pai aumentava de volume dentro da minha cabeça. Atravessei um corredor atulhado de roupa rasgada, sapatinho de bebê, flor vermelha, e cacho podre de banana... E o corredor parecia que ia ficando cada vez mais comprido, e cada vez mais escuro, até que eu vi, bem lá no fundo, uma velha parada, olhando pra mim.

"'A senhora mora aqui?', perguntei, e eu sei que num tinha sentido, mas eu tava mais pra lá do que pra cá, num falava coisa com coisa. 'Acho que entrei na porta errada, a senhora me perdoe.' No que me virei pra ir embora, ela já tava do meu lado e agarrou meu braço, fincando as unha fundo na minha carne: 'Vai morrer você, seu marido e seus herdeiro', ela gritou na minha cara, enquanto minha cabeça fazia *toctoctoctoctoctoctoctoctoctoctoctoctoc...* e um monte de gente tentava entrar. Eu olhei ao redor e vi.

"De repente, a casa tava cheia. Cheinha de barbeiro. Tinha barbeiro pra todo lado; no chão, nas parede e no teto. Preto, marrom, listradinho. Me virei e dei de cara com a banguela risonha da velha, que enfiou uma coisa mole e fedida na minha boca. Vomitei na mesma hora; era uma pelota de cabelo cheia de larva de mosca, mexendo e remexendo. Ali no chão, com o resto do meu vômito, os cabelo foram se entrelaçando e moldando o que parecia um coração estufado.

"Corri pra calçada aos berro, filha, e o homem da imobiliária chegou todo assustado sem entender nada, imagina? Ele não enxergava nada; nem a velha, nem o vômito, nem o cabelo. E quando perguntou pra mim se tava tudo bem, eu olhei pra trás e vi que a casa tava vazia. Sem móvel, sem vitrola nem nada, só o piso de cimento queimado cheio de poeira e molhado do meu cuspe.

"Voltei pra casa falando pro teu avô que queria ir embora pra casa da minha mãe, que queria passar uns dia lá porque tava demais, eu num conseguia mais ficar ali. Tava temendo pela sua mãe. Não só por causa da vizinha, mas porque os filho dela tavam mais agressivo, jogavam pedra na gente, deixavam bicho morto amarrado no pé de jasmim na frente da porta, e sua mãe, coitadinha, por ser muito sensível, guardava silêncio, atenta às tristeza que pairavam na nossa casa por causa do trabalho do seu avô. Então, as coisa aconteciam, e ela num me avisava; às vezes voltava mais tarde da escola, aparecia sangrando, com cuspe no cabelo, de roupa rasgada, e fingia num saber quem tinha feito aquilo. Ficava só parada, de cabeça baixa e um sorriso sem graça na cara, as mãos retorcendo feito minhoca. E eu? Ah, filha, eu continuava ouvindo todo tipo de gente e de bicho gritando, e as batida na porta da minha mente. Insisti tanto pra ir embora que seu avô topou, doido que tava para conseguir uma transferência e fugir daquele horror da capital, onde eu e sua mãe passávamos a maior parte das noite sozinhas, enquanto ele voltava só depois do almoço e ia direto para a cama escutar as notícia no rádio de pilha e chorar. Pois uma vez que tava tudo certo, a gente arrumou as mala no mesmo dia pra ir embora dali.

"No que entramos no carro, sua mãe atrás, ainda vestindo o uniforme da escola, e eu e teu avô na frente, eu vi que tinha uma foto colada do lado de fora do para-brisa. Foto de quê? Um retrato. Mas era... estranho. Não sei explicar direito o que tinha de errado na foto. Era antiga, carcomida, em sépia. Nela, um homem mais velho, bem alinhado, de terno, olhava pra frente. E o olho dele... Num gosto nem de lembrar. Bom, nessa hora seu avô foi saindo com o carro e eu implorei pra ele parar e tirar a foto do vidro. Ele não quis, distraído com o que ouvia na *Voz do Brasil*, apressado em deixar o passado pra trás. Olhei pelo retrovisor e vi a vizinha parada no meio da rua, dando tchauzinho com a mão pra gente, com a boca arreganhada de tanto rir.

"A viagem toda eu fui rezando pra Nossa Senhora Aparecida. E o olho de furadeira daquele homem na foto parecia crescer cada vez mais pra cima de mim. Lembrei da minha adolescência na roça, de levar pra casa todo morto que encontrava na rua, grudado feito sanguessuga nas costa, porque eu ainda não sabia direito o que fazer. Não podia ver um acidente de carroça, um velório na casa da família, passar na frente do hospital ou do cemitério. Eu puxava os morto pra mim. E eles usavam meu corpo sem licença. Às vezes sentia mão dentro da garganta, espetando pra fora do nariz, dos ouvido... E aquele homem sabia de tudo. O homem da foto sabia que, quando eu tava naqueles dia, o sangue chamava a Mulher Vermelha, e o ódio dela me desviava do caminho, me fazia pensar e sentir coisas que não eram certa. Então ele se aproveitou; afundou ainda mais nas minhas memória, e os barulho de batida agora se misturavam com chocalho de cobra, incêndio florestal, asa batendo, criança agonizando, bezerro atravessado em vaca. Lá longe, escutei sua mãe fazer uma piada de pum, e ela e seu avô começaram a rir, dizendo que um ou outro tinha peidado, cagado nas calça, mas aquele fedor que crescia dentro do carro era de outra coisa. De coisa ruim, filha. De coisa ruim. Tipo o quê? Um cheiro de podre, de lixeira de açougue, de carne velha esquecida no sol, sabe? Cheia de bigato.

"A gente já tava no meio do caminho quando um caminhão cortou a pista e veio na nossa direção. O motorista tava com um coelho branco no colo. O maior coelho que eu já vi. E o coelho sorria. Dei um grito: 'Minha Nossa Senhora, protege a minha família!', e o seu avô girou o volante para o lado. Depois disso, enxerguei um clarão e ouvi um estrondo. Quando tomei consciência de novo, a gente tava de ponta-cabeça, o carro amassado que nem uma bola de papel-alumínio jogada no lixo. E na estrada toda parada e cheia de fumaça eu vi, com esse olho de dentro, que enxerga melhor que os de fora e nem precisa de óculos, a vizinha da casa da frente andando nervosa de um lado pro outro, a boca xingando e cuspindo, as mão retorcida, virando o pescoço pra lá e pra cá, como se tivesse levando tapa na cara. As chama que ela queria que comessem nossos corpo tinham aparecido na sala da casa dela, e incendiavam as cortina.

"A gente saiu sem um arranhão, filha, mas o carro... Não teve o que salvasse. Pouco depois, encontrei um sapo com a boca costurada no banheiro dos fundo. No mesmo dia, seu avô, que tinha saído pra resolver umas pendência, sofreu um acidente no trabalho, e o resto você já sabe. Toda a desgraça que caiu sobre a nossa família. O preço que pagamos por ter sobrevivido àquele dia. Às vezes penso que não valeu a pena. Que era melhor ter morrido ali mesmo, no meio das ferragem. O sofrimento seria menor. Só sei que, depois disso tudo, a gente ficou na pensão da sua bisavó por um tempo até decidir voltar pra cá, pra essa que é a cidade da minha infância. Com toda as maravilha e assombração.

"Um dia, seu tio Afonso passou na nossa antiga casa pra buscar o botijão de gás que tinha ficado por lá, e viu a vizinha sentada no alpendre. Ele disse que o rosto dela tava cheio de cicatriz, os cabelo eram só fiapo, e os dente tinham caído tudo, deixando no lugar uma gengiva cancerosa, saída de um buraco sem lábio...

"Mas por mais que a gente nunca mais tenha voltado lá, eu não me esqueci de nada; nem da vizinha, nem da foto, nem do caminhão. Acho que foi o mais perto que cheguei de passar para o lado de lá. Por isso, sempre que eu tenho que pegar o carro pra fazer algum serviço, num consigo dirigir tranquila por aí. Tenho medo de encontrar a morte no caminho."

3

Localizado no alto de um morro íngreme, o cemitério, com sua corcova suturada de tumbas. A sala de velório ficava logo depois do portão, bastava atravessar uma alameda ensombrecida de murtas e uma capela de vitrais coloridos. Ali celebravam-se as missas de sétimo dia dos que eram encerrados em criptas de família, inumados sob túmulos de azulejo colorido, ou plantados na terra como mudas de beladona. As sepulturas, adornadas com anjos de bronze, estátuas de gesso e flores de plástico de 1,99, desbotadas como os retratos em preto e branco dos falecidos, alinhavam-se em fileiras infindáveis e desiguais — arcadas repletas de dentes tortos.

Visitávamos o cemitério quinzenalmente. Vovó me instruía enquanto escalávamos a ladeira com o fogo nas panturrilhas.

— Não pegue nada dos morto. Nem flor, nem vela, nadica de nada. Mesmo que a placa diga que a pessoa morreu há cem anos. Não importa. O espírito vem atrás. E a casa fica impregnada de morte.

— Tá bom, vó.

— E, já sabe, se encontrar uma cova aberta no caminho, evite olhar dentro. Puxa morte.

— Eu sei.

— Mais uma coisa, Beatriz, e isso é coisa séria: chega de pegar gato de cemitério no colo. Você sabe muito bem que eles comem barata, escorpião, rato... E que esses bicho comem gente morta. E daí o que você faz? Beija a boca do gato. É uma porcatchona!

— Ai, vó. Como você é chata.

Nesses dias, vovó trocava os gerânios brancos sobre o túmulo de minha mãe e passava um pano úmido com detergente para dar brilho à pedra rajada de preto que guardava seus restos mortais. Rezávamos em silêncio, ela de olhos fechados, eu observando seu rosto franzido, sabendo o que viria a seguir, mas com medo de ouvir novamente a frase que ela repetia quando estávamos reunidas diante do que sobrara de Ângela:

— Quando sua mãe morreu, eu pulei no buraco com ela e pedi pra me enterrarem junto. Se não tivessem me arrancado à força eu tava aqui até hoje, apodrecendo com a minha filha. — O rosto de vovó era uma chorosa máscara nessa tragédia grega que encenávamos a cada duas semanas.

— Mas eu tô aqui — eu suplicava, reprisando o diálogo quantas vezes fossem necessárias para que ela entendesse e me oferecesse o amor que eu desejava — ... eu sou a Ângela. Lembra? Eu morri e reencarnei no corpo da Beatriz. Eu nunca te deixei.

Ela nunca respondia. Apertava os olhos e piscava repetidamente para livrá-los da salmoura, e erguia do chão balde e ramalhetes, pronta para seguir com a peregrinação fúnebre. Visitávamos outros entes queridos ou o túmulo do menino santo da macaúba — naquele mar escaldante de granito, mármore, terra batida e cimento que ofuscava nossa vista enquanto o sol percorria seu caminho vespertino. Com vovó restabelecida do luto, eu podia me dedicar ao meu passatempo favorito: observar as datas esculpidas nas placas de bronze. Calculando a inclemência do tempo, fazia das lápides meu ábaco, subtraindo mil vezes melhor que na aula de matemática. A longevidade de alguns mortos me surpreendia, enquanto a juventude de outros emocionava minha avó. Ela sempre trazia flores suficientes para distribuí-las nas tumbas da quadra das crianças. Separada do restante do cemitério e dedicada, em sua maioria, aos bebês e crianças mortos em uma epidemia de meningite na década de 1960, era uma floricultura a céu aberto. Vovó não era a única a prestar homenagem; as mulheres da cidade, muitas delas participantes da Comunidade do Divino Espírito da Flor Vermelha, se revezavam para regar as plantas, tirar o pó das pedras tumulares, e organizar e limpar os brinquedos e chupetas vítimas das intempéries. Um dia perguntei o motivo de tamanho cuidado, e vovó respondeu:

— Quando uma criança morre, a alma dela é tão viva que essa energia transborda. E impregna a gente.

Lendo as faixas fúnebres tomadas pela fragrância úmida das coroas de flores — *Aguardando o dia em que te encontrarei no Paraíso, Mamãe te ama por toda a eternidade* —, eu pressentia a vitalidade fecunda daqueles rituais, e enxergava amor e morte como duas coisas indissociáveis. Naquele campo-santo onde os vivos e os mortos dançavam juntos, e a memória era cultivada em voz baixa, a vida era obstinada — insistindo em vingar nas plantas selvagens, nos bichos-da-seda encasulados nos troncos das árvores, nos seres rastejantes que se escondiam nas sombras das construções.

Minha imaginação percorria léguas, retornava algumas décadas, criava identidades, histórias, fisionomias. Ia longe; brincando de escravos de Jó entre os jazigos, parava diante da escuridão magnética dos mausoléus para visualizar meu próprio corpo deitado em cama de violetas. À vista do meu cadáver, com buquezinho na mão, feito noiva de festa junina, vovó cairia de joelhos, implorando para ser enterrada junto de mim.

Eu tinha que conter o sorriso.

Não via a hora de morrer também.

4

Vovó e eu chegamos na casinha onde seria realizado o velório de Mayara com as roupas molhadas de suor. Tentei arrumar a franja, mas o vestido de Ângela estava apertado demais; só consegui erguer o braço até a altura do pescoço. A porta principal estava aberta, e o corredor, liso como garganta, se abria em duas seções com três salas cada. Somente duas estavam ocupadas. Mesmo do lado de fora, um choro alto e inconsolável roubava o ar dos pulmões de quem o escutava.

Sem dizer nada, vovó saiu andando apressada na minha frente, com sua saia de chita estampada, seus chinelos de dedo e as unhas vermelhas segurando a bolsa descascada de couro sintético. Eu a segui, passando devagar diante da primeira sala, onde um velho bigodudo de terno cinza dormia em um caixão brilhante de verniz.

Cinco mulheres estavam sentadas em silêncio com lenços de papel amassados nas mãos, a cabeça baixa, sem conversar, enquanto outra alisava a testa de cedro do defunto, as mãos friccionando a pele tesa, murmurando coisas que eu não pude ouvir, mas sabia serem palavras de amor. Sempre o amor — com sua violência perpétua.

— Vem, filha — vovó me chamou, ríspida. — A gente não tem nada que bisbilhotar o sofrimento dos outro.

Na porta seguinte, em um salão maior, que dava para uma ala do cemitério, vi algumas crianças correndo, entrando e saindo, brincando de pega-pega entre os túmulos, e um grupo de senhoras tentando conter uma mulher que abraçava um pequeno caixão branco.

Dentro dele, como boneca de louça na caixa, Mayara repousava sob um véu, trajando um vestido branco de renda que chegava até o queixo, o corpo inteiro coberto de gérberas brancas, o rostinho magro e arroxeado brotando delicado no mar de pétalas perfumadas. Uma formiga minúscula repousava imóvel no lóbulo da orelha escura. Desviei os olhos. Meu intestino se retorceu.

Nas coroas de margaridas e cravos espalhadas pela sala e acima do caixão da criança, as faixas funerárias — *Adeus, adeus, adeus, cinco letras que choram, Lágrimas derramadas por quem partiu cedo demais, Que Deus conforte a família da amada Mayara* — berravam despedidas com jeito de tabloide. Eram distintas das que eu costumava ver na ala das vítimas de meningite, cujas palavras pareciam tatuadas em carne viva.

Estiquei a mão para vovó, mas ela já não estava ali. Olhou em volta espantada e depois se aproximou da mãe da menina com passos curtos. Vestida com uma blusa pequena demais para o ventre volumoso e murcho que se dobrava para fora, a mulher tocava incessantemente o corpo inerte da filha morta. O rosto era uma mistura de afluentes. Babava.

Recuei até o umbral, com um pé para dentro e o outro para fora da porta, junto de um tufo de cabelos escuros que se amontoava na soleira, e me esforcei para não ver a mãe de Mayara tentando erguer o cadáver rígido da filha em um abraço. Em meio a um pranto convulsivo, ela vomitou palavras que estalaram como bofetadas na acústica de caverna do salão:

— Eu falei pra ela não andar na linha do trem sozinha! Eu falei pra ela não ir com homem nenhum! Eu falei pra ela voltar da escola direto pra casa! Eu falei pra ela... — a mulher repetia, repercutindo as mesmas frases junto a urros de dor que lhe roubavam o fôlego e se propagavam por todas as mulheres no recinto. O grupo chorava em sincronia, arreganhando os dentes, exibindo a base da língua, cravando unhas no escalpo. Enquanto isso, os homens fumavam em um círculo mudo, encarando as pontas dos sapatos. O piso ao redor deles estava coberto de pegadas de barro.

— *Mamãe?*

Vovó puxou a barra da blusa da mulher e plantou um beijo no braço dela. Em transe, o salão calou-se, suspenso, mal equilibrado diante de um desses momentos absolutos que carregam em si o peso do fim e do começo. Escutei a voz rouca de vovó mudar de timbre, entoando palavras doces, enquanto suas mãos-andorinhas planavam, acariciando os cabelos da mãe de Mayara, amarrados de qualquer jeito com um pedaço de meia-calça. Soltando o corpinho da filha, a mulher se deixou levar pela blusa; ganindo uivos doídos e entrecortados, lamentos de cachorro novo, sentou-se em um dos bancos de madeira e deitou a cabeça nas pernas finas de vovó.

— Calma — Mayara dizia sorrindo, a boca próxima da orelha da mãe, acariciando seus cabelos sujos. — A tia e o vô tão aqui também. Eu vou ficar com saudade, mas eu tô feliz, mamãe. Eu juro.

A família de Mayara se aproximou e, de joelhos, pôs-se a acariciar o corpo idoso de vovó, molhando-o de lágrimas. Beijavam os pés de unhas amareladas, as mãos tortas de artrite, os cabelos duros de fixador, a pele recendendo a pó de arroz e leite de rosas, estremecendo de êxtase, no auge do amor e da idolatria. Segurando as mãos em prece, erguiam-nas para o céu, harmonizando cantos religiosos, fazendo declarações de amor, pedindo milagres, berrando o nome de seus entes queridos, mortos em outros tempos.

O cadáver enrijecido de Mayara foi perdendo a rigidez; repousando sobre as flores, refletia o sol celestial. O semblante abatido parecia relaxado, como o de uma menina que tivesse dormido no meio da tarde, satisfeita e abandonada ao cansaço, depois de um dia inteiro na praia. Enquanto isso, no centro do quadro — cercada das pessoas que saíam da capela, do coveiro, dos cerimonialistas e de todos os enlutados do cemitério —, vovó transmutada em menina emitia um riso cristalino, uma gargalhada doce e maravilhada de criança que fazia vibrarem as telhas de amianto. Parecia rejuvenescida, embebida em ouro líquido. E, enquanto a tampa do caixão descia para encerrar o corpo embalsamado da criança morta, a multidão suspirava, revirando os olhos, agradecendo pela glória divina, em um oceano de braços entrelaçados imitando o fluxo e o refluxo das ondas.

— É tão lindo, mamãe. O céu é tão lindo.

Um a um, imbuídos de vida própria, os pelos dos meus braços se levantaram. Com os olhos nadando em água salgada, meus joelhos cederam, batendo no piso frio com um baque alto. Para não gritar, mordi a língua até sair sangue.

Minha avó era Deus.

PORTA ABERTA

1

— Vó, você acha que eu também sou?
— Que você também é o quê?
— Médium?
— Ué, eu é que vou saber, menina? Quem tem que saber é você, uai.
— Mas você acha que eu sou?
— Você eu num sei, fia. Mas aquele seu amigo tem um jeitinho.
— Quem?
— O Lipe.
— O Lipe? Nada a ver.
— É o jeito ressabiado dele. Sempre atento, piscando rápido, vendo tudo. Eu era igualzinha.
— E eu?
— Você o quê?
— Também pareço com você?
— E eu lá vou saber, Beatriz?
— E minha mãe? Era médium?
— O que sua mãe foi ou deixou de ser não é da tua conta.
— Mas, vó, sabe o que é...? Essa noite a Mayara veio brincar comigo.
— Ah, vá. Larga de ser mentirosa, menina!
— É verdade, vó... E a luz do quarto começou a piscar. A cama também levantou e balançou um pouquinho. Que nem naquele filme que passou no comercial da *Tela de Sucessos*, sabe? Aquele que você não me deixa assistir? *O exorcista*.
— E por que será que eu num deixo você ver essas porcaria? Taí o resultado. Fica vendo besteira e depois inventa história.

— Não é história, vó! É verdade, eu juro. A Mayara...

— A Mayara nem tá mais aqui, filha, ela já foi... Ela já tá em outro plano. Nem fala muito nela que é pra num atrair ela de volta, já basta a mãe. Deixa a Mayara pra lá. Quietinha. Do lado de Nossa Senhora.

— Mas é verdade, vó. Eu juro.

— Ai, Bia, larga a mão que você tá me atrasando o almoço.

— E alguém chamou meu nome de noite quando eu tava dormindo. Chamou várias vezes! Assim ó: Beatriiiiz... Beatriiiiz... Lá de dentro do armário, onde tão as roupas da mãe. E era voz de mulher.

— Não inventa moda, menina.

— É verdade, vó. Eu também sou médium! Igualzinha a você.

— Olha, presta atenção numa coisa, Beatriz. Uma coisa é nascer com esse dom, outra bem diferente é ir atrás de conseguir. Ou você nasce com a porta aberta ou não. Se você forçar, arrombar essa porta, então o pior acontece: você dá licença pra qualquer coisa entrar na sua casa.

— Então por que você não me ensina o jeito certo?

— Porque essas coisa num é de ensinar, minha filha. E porque eu num quero você carregando esse fardo. Eu já tenho trabalho demais acalmando as alma inquieta que assombram essa terra triste. Só Deus sabe o trabalho que isso dá. E também porque, enquanto o seu avô tiver vivo, eu não tenho nenhum tempo pros seus capricho.

— Mas eu escutei uma voz me chamando, vó. Eu puxei pra você.

— Então anota o que eu vou te falar: se você ouvir alguém chamando seu nome mesmo, nunca responde, viu? Num atende. É que nem se alguém tivesse batendo na porta da sua casa e você fosse lá e abrisse a porta sem espiar pelo olho mágico quem tá do lado de fora pelo olho mágico... Cê num sabe o que tá esperando do outro lado. E depois que você abre, aí esquece, minha filha... Num tem mais como fechar. A porta fica lá, aberta, desprotegida, e é como se a porta da rua tivesse aberta e qualquer um que passasse na frente da sua casa pudesse entrar. Gente que você gosta, claro; família, amigo... Mas também gente estranha, ruim, cheia de ódio...

— Até demônio?

— Já deu, Beatriz. Já deu. Agora some da minha vista e vai ver desenho, que eu vou fritar bife e o óleo pode espirrar em você. E aí já viu, né? É aquele chororô, aquele escândalo. Passa daqui. Vai brincar.

2

Morri e renasci mil vezes naqueles dias. Ao meu redor, tudo era magia e morte. Até as formigas, que antes passavam despercebidas em sua pequeneza obscura, construindo vulcões avermelhados no quintal, pintalgando o açucareiro ou levando folhas de jabuticabeira nas costas, haviam assumido uma nova faceta — maculavam o solo com patinhas de sangue. Atenta aos sinais do sobrenatural, à espera dos indícios de uma mediunidade hereditária que se apresentasse, caprichosa, a contragosto de minha avó, fiquei aguardando, presa na exúvia do passado.

A envergadura de meus sentimentos transparecia em todos os aspectos de minha vida de menina: em meus olhos estalados de espanto, na boca sempre aberta, nas cutículas em carne viva, na queda do meu desempenho escolar. Só pensava nos segredos do outro lado. Às vezes, sentado à minha direita na sala de aula, Lipe conseguia atravessar a couraça de medo e fascinação que me engolia. Puxava meu braço, prendendo-o sob a axila, e rabiscava nossos nomes completos, lado a lado, percorrendo a distância do antebraço ao pulso, em letrinhas uniformes. Compartilhávamos o mesmo sobrenome remetendo à selva ou ao ruído que emitem as cobras.

— Tá vendo? Somos parentes — dizia, e, se a manobra surtisse efeito, falávamos tanto sobre a possibilidade desse parentesco, e perdíamos tanto tempo vasculhando outras similaridades, nas pintas e cicatrizes e manchas de flúor nos dentes, que a professora nos obrigava a mudar de lugar.

Caso contrário, ele observava meu rosto vazio com os olhos nervosos, perscrutando a mão esquerda que desenhava cruzes, caixões e formigas no caderno, as unhas roídas até o fim, os dentes mordendo a parte interna da bochecha. Paciente, esperava calado o soar da sineta que indicasse o recreio ou a saída, então puxava uma mecha do meu cabelo com força.

— *Bolatriz!*

Lipe corria com suas pernas finas e cobertas de marcas, e, espumando de raiva fingida, eu o perseguia, mesmo que jamais o alcançasse. Era um esforço inútil, mas eu tentava mesmo assim. Em pouco tempo, sentia falta de ar e uma pontada forte debaixo das costelas, enquanto ele voava — acostumado a fugir das cintadas, das chineladas, dos cigarros acesos da tia. Escada abaixo, pátio adentro, escada acima, Lipe ganhava a rua, todo musaranho, e me esperava na esquina, de braços cruzados, uma sobrancelha erguida e um sorriso debochado no rosto bonito:

— Você é muito lerda, Bibi.

Sua vitória era dupla: subjugava corpo e devaneios. Crispando os lábios, nos atracávamos de mentira, simulando golpes preguiçosos de *Mortal Kombat*, e, por uma curta parcela de tempo, as agulhas do pinheiro centenário que dava nome à escola se transformavam em espadas, as pontadas na barriga eram causa de riso, e eu tirava os sapatos justos e voltava aos pulinhos para casa, procurando tufos macios de grama na companhia do meu melhor amigo. Contudo, ao cruzar o portão e encontrar pedidos espalhados em cartas pelo jardim, fotografias de pessoas desaparecidas coladas no muro, vovó curvada sobre uma bacia de ervas, eu imergia maquinalmente em dúvidas e desejos perturbadores que nunca seria capaz de compreender de todo, mas que dominavam neurônios e sinapses — como raízes de sequoia brotando da cabeça.

Até o gato-mia, uma das minhas brincadeiras favoritas justamente por ser proibida — já que os pais de Nanda e Cadu odiavam que ficássemos sozinhos no quarto de portas fechadas e luz apagada —, agora me incomodava. Antes, o cheiro de mijo velho impregnado no colchão e nas roupas de cama de Nanda, o breu sólido e poeirento no interior do armário cheio de tranqueiras, os risos contidos de Cadu e as mãos cautelosas de Lipe tocando minha pele causavam uma expectativa divertida, um frio gostoso na barriga. Ansiava pelas tardes em que Lipe e eu nos escondíamos juntos, espremidos no mesmo espaço minúsculo ou deitados na cama de cima do beliche, cobrindo as bocas com as mãos, as cascas de machucado se encostando:

Gato, mia!

Miau.

Mas as borboletas no estômago foram substituídas por uma inquietação violenta — a certeza de que o mundo era um local infestado de fantasmas. Eu sabia que algo assistia, invisível sob uma película malevolente de trevas, aos gritos exagerados de Nanda, aos cutucões que Cadu desferia às cegas sempre que mudava de lugar, ao hálito morno de Lipe sussurrando instruções no meu ouvido, *Se entrarmos debaixo da cama ninguém vai achar a gente*. Essa presença crescia e parecia ocupar todo o cômodo, uma mamba-negra aguardando o momento certo de dar o bote.

No calabouço da minha mente, às vezes assumia as feições putrefatas de Mayara, às vezes o rosto altivo de minha avó.

Se antes o amor que sentia por vovó me parecia incondicional e tranquilo, agora vinha carregado de uma insuportável ambivalência; remetia a cadáveres de crianças, cruzes de ferro, caixões cheios de flores vermelhas, cenários de guerra, enxames de insetos. De uma hora para outra, ela assumira os contornos de uma deusa primordial, sagrada e inacessível como as imagens que jaziam, inexpressivas, na prateleira acima da tv da sala. Cada detalhe de sua presença — o medalhão de Nossa Senhora no pescoço, o semblante de avestruz, os dentes manchados de batom, as meias-calças Trifil — me despertava a sensação de que eu estava morando com uma super-heroína.

Assim, ela me atraía e repelia, acolhia e expulsava, em uma dança interna e neurótica. Tudo me assustava. Queria voltar ao útero, me meter entre as pernas de vovó e ir cavando com as mãos, tirando as entranhas do caminho, até me enrodilhar em um buraco escuro e úmido, cercada de vermelho por todos os lados. Queria mamar do seu seio muxibento, sorver seu leite gorduroso e cor-de-rosa, ser recheada de poder como uma boneca. Queria levantar voo, alçada em corpos de espíritos de luz, de pés apoiados em asas de anjos. Queria soltar raios pelos dedos, fogo da boca, me tornar uma espécie de santa poderosa e assustadora, como as imagens que sangravam pelos olhos.

Em minhas fantasias pré-sono, eu me imaginava no alto de um púlpito, de braços abertos, discursando sobre todas as verdades do mundo com uma voz que não era minha — mas sim adulta, grave e masculina —, enquanto lá embaixo, ajoelhada diante de meus pés, toda a vila observava. Sentada em um trono ao meu lado, ostentando as vestes brancas cerimoniais, vovó sorria.

— Essa é minha neta, meu orgulho, sangue do meu sangue, a mais poderosa das médiuns — dizia, e a multidão, assombrada, erguia as mãos aos céus exatamente como havia feito a família de Mayara no momento da despedida eterna. Em elegia solene, trombetas angelicais soavam, uma série de olas era ouvida, e a câmera finalmente focalizava em mim, vestida com roupas da moda, toda modelete da *Capricho* — magra, alta, de cabelos lisos até a cintura. Do jeitinho que eu podia ser se fechasse a boca e fosse mais vaidosa.

3

Obcecada em me tornar sua sucessora, eu passava o dia pedindo que vovó me ensinasse seus truques de vidente, sua sabedoria paranormal, os artifícios mágicos da interpretação da língua dos mortos. Mas ela nem queria saber. Às vezes me interrompia antes mesmo que eu abrisse a boca:

— Arreda da minha frente com esse assunto, peste — gritava, atirando o chinelo na minha direção, e, enquanto eu desviava do baque ardido, vovó driblava as perguntas, respondendo somente com um silêncio de chicote que durava dias, quiçá uma semana.

Acostumada a ser contrariada, tentei aprender sozinha. Quando ela saía de casa, encostava a porta do quarto dos meus avós — não queria os olhos do velho em cima de mim —, marchava até o armário da cristaleira, e passava horas fuçando nos cadernos do meu avô. Eu sabia que, quando era vivo de fato, ele gostava de anotar tudo que lhe interessava, e vovó fizera questão de guardar cada papelzinho ou bilhete:

— Ajuda a matar a saudade da voz dele.

Eram uma coleção de registros: cartas, recibos de banco, talões de cheque vazios, recortes de jornal e desenhos de Ângela. A maioria dos cadernos seguia a estrutura de um diário — havia uma data e, logo abaixo, uma ou duas páginas de texto escritas em caligrafia indecifrável de médico. Às vezes, fragmentos de notícias ou cartas datilografadas estavam anexados às anotações, mas eu não conseguia entender o que diziam; pareciam compostos de palavras difíceis e terminologias militares, um aglomerado labiríntico de gritos reprimidos.

Perdi dias a fio tentando dissecar meu avô no escuro, mas só consegui enxergar palavras soltas que, no contexto geral, nada me diziam. Aos poucos, desisti. A única coisa de que tinha certeza é que meu avô era um homem estranho. Diários — e isso eu podia afirmar com propriedade — eram coisa de menina. Eu mesma tinha um, com chave e cadeado, usado para escrever tudo que não podia contar a ninguém ou que ninguém queria ouvir. Por isso concluí que, se ele fazia o mesmo, devia ser um homem muito triste.

A última leva de cadernos tinha jeito de manual. Ali meu avô reproduzia — em letra de fôrma — passagens extraídas de livros esotéricos e doutrinas espíritas, narrando, de Kardec à Aurora Dourada, todas as suas aprendizagens enquanto mediador do mundo sobrenatural de minha avó. Não se aprofundava, nem contava histórias ou divagava acerca de experiências, era mais como um livro de receitas. (Se a Dona Benta ensinasse a fazer bolos com terra de cemitério.)

Com caneta de gel, fui anotando em meu próprio diário tudo que achava útil, deixando para lá as rezas, as velas polvilhadas de açúcar, as simpatias e os banhos de ervas; queria me aprofundar nos rituais mediúnicos e oraculistas, alguns tão complexos e perigosos que só podiam ser feitos em dupla. Anotei-os para a posteridade — mas só como último recurso. Davam muito medo.

Achei melhor tentar outras coisas antes. Uns negócios mais simples. Tipo invocar a loira do banheiro.

Assim, sempre que estava na escola, durante a aula ou no recreio, pedia licença, fugia dos colegas e me escondia no banheiro, onde apertava a descarga três vezes, falava três palavrões, dava três socos na porta e esperava por algum sinal do além. Mas a única loira que aparecia era a Rita de Cássia, da 4ª B, para escovar o aparelho de freio de burro depois da merenda.

Todos os dias eu me convencia a tentar mais uma vez, embora o fizesse apenas para ouvir as fofocas das outras meninas. Às vezes falavam de meninos, reclamavam dos pais, criticavam a professora ou contavam segredos de colegas de turma. Nunca falavam de mim. Escrevendo † *Beatriz* † na porta com giz de cera, atenta a tudo que acontecia ao meu redor sem ser vista, tinha a sensação de que, a qualquer momento, meus dedos se tornariam translúcidos, minha pele transformada na matéria pegajosa do ectoplasma. Será que o fantasma era eu?

Decidi mudar de estratégia. Evitando Lipe e Cadu na saída das aulas, subia algumas quadras até o cemitério, e lá vagava, fazendo de tudo que vovó me dizia para não fazer.

Procurava covas recém-abertas e me sentava à beira do buraco, com as pernas para dentro, imaginando que mãos brotavam do solo e me puxavam pelos tornozelos. Beijava e abraçava todo gato que se deixasse apanhar — e os que não se deixavam também. Recolhia santinhos, terços, flores murchas, qualquer coisa de morto que estivesse dando sopa, e levava-as comigo para casa, metendo-as no vão do estrado debaixo da cama. Na noite emudecida, esperava escutar passos arrastados, vislumbrar uma silhueta pálida pela janela, encontrar pupilas gélidas de fúria reivindicando o que lhes fora subtraído, mas descobri rapidamente que os mortos davam pouco valor a bricabraques.

Antes de partir, visitava o túmulo da única finada que me importava — não Ângela, mas Mayara, a nova santa milagreira da cidade.

Sobre a sepultura de azulejo amarelo-mostarda, a população depositava Fofoletes, Mocoquinhas, balas mastigáveis, estojos infantis de maquiagem, presilhas de borboleta em neon, pirocópteros, chupetas, anjos de gesso ou resina. Eu pegava tudo que tinha vontade. Também havia placas, *Graça alcançada*, *Milagre concedido*, cujas datas começavam a partir da primeira semana de morte de Mayara. Eu a imaginava sentada no azulejo escaldante, com as pernas sujas de terra vermelha, os dentes cariados de tanto chupar bala e mascar formiga, já meio enjoada de ter que ouvir tanto chororô, de desperdiçar a eternidade consertando os problemas dos outros.

Após a morte, as crianças têm que trabalhar: viram anjo, santo, ou fazem milagres — não podem descansar. Talvez por isso morram tantas mundo afora; os adultos precisam ter seus desejos realizados.

Seguindo a tradição, eu levava a Mayara minhas próprias oferendas — moedas, velas coloridas, alguns papéis de carta de Ângela dos quais vovó não sentiria falta — e fazia o pedido. *Quero ser igual a vovó Didi*, implorava de joelhos, enquanto chupava uma bala atrás da outra, até as moles e grudentas, quentes do sol de primavera. Depois perguntava, esperançosa de receber alguma resposta:

— Mayara, morrer é bom?

Por vezes, quando o vento levantava grãos de terra rubra que picavam minhas pernas, ou as andorinhas saíam em revoada, alguém parecia chamar meu nome do interior de um jazigo.

Mas eu quase nunca escutava.

No caminho de volta para casa, cortando pelo campo ou atravessando a ferrovia, às vezes presenciava o desencarne de pequenos animais. Na natureza, a morte anda livre, mas é acanhada e não faz alarde; é preciso perscrutar o solo atento ao silêncio resignado das partidas, ao eco das bocas diminutas e estrangeiras, cujos gritos somos incapazes de decodificar — porque não fazemos questão.

Os bichos encontravam seu fim em acostamentos, debaixo de entulhos e carros, enroscados entre raízes de árvores, estirados no verde morno e viçoso da tarde, de morte morrida ou atropelamento, veneno de rato, chinelo ou peteleco, doença ou briga territorial. Agonizavam com pescoços quebrados e colunas retorcidas, vermelho brotando da frente e de trás, chacoalhando asas quebradas, o macio das entranhas adesivado no asfalto quente feito chiclete.

A mim, cabia a função de coveira. Acolhia os espasmos moribundos da animália no colo, entre as mãos, deitada no chão ou no lastro dos trilhos, me esforçando para enxergar os espíritos se desprendendo dos corpinhos lambuzados de vísceras, desinflando como pneu furado, curiosa sobre o nascimento dos fantasmas.

Minhas mãos faziam as vezes de pá, abrindo covas com direito a flor, credo e cruz de palito de picolé, atrás de uma gigantesca sibipiruna. Só naquele ano, reuni mais de quarenta ossadas, colecionando crânios de gatos envenenados, fêmures de cachorros vadios, rabos secos de ratos, presas de saruês, cascos perenes de jabutis. Só não desenterrava os pássaros. Esses se devoravam por inteiro na própria leveza — cresciam ligeiros no corpo das larvas para poderem voar logo, nem que por um só dia, reencarnados em moscas verde-azuladas, um arco-íris de beleza metálica.

Em outras ocasiões, quando vovó me enxotava para longe, eu invocava Lipe e Cadu em gritos afônicos e percorria o mato indomável que circundava o bairro com ventas dilatadas, caçando ninhos, formigueiros e colmeias tal qual uma colonizadora impiedosa. Com a mesma inclemência debochada com que desafiava os meninos a atravessarem agulhas na palma das mãos, pingarem cera quente de vela na língua ou correrem descalços sobre o estrume fresco do pasto, incitava-os a incendiarem todo inseto que encontrássemos no caminho.

— Vai! Queima se for homem! — provocava. E Lipe e Cadu se afobavam, álcool e papel e fósforo, para ver quem exterminava primeiro o maior número de vidinhas. Alimentávamos, sem culpa e às gargalhadas, a violência inerente à infância, o sangue genocida que perdura, geração após geração, no germe da natureza humana.

Brincando de Deus, zombávamos do *ploc* das carapaças fumegantes dos insetos, da pressa com que as formigas tentavam escapar levando seus bebês brancos nas costas, dos mil-pés invertebrados que se sacudiam em desespero mudo, das casas de madeira morta que se encrespavam em caracóis de carvão. E, principalmente, nos parecia ridícula a hipótese de que as coisas rasteiras tivessem alma como nós.

Afinal, podiam morrer milhares — ou *milhões* — delas de uma só vez, que a vida seguia inalterada; sem comoção ou desvio de trajeto. Ninguém nunca choraria a perda de uma colônia de aranhas, rezaria uma missa para um ninho de carrapatos ou ergueria um altar para uma caixa de marimbondos destruída. Era uma morte de 1,99, uma morte café com leite.

Não valia nada.

Finda a pira ritualística, voltávamos para casa calados, olhos e narinas ardendo, o álcool gorgolejando em seu invólucro de plástico — eu para o silêncio, Lipe para as surras, Cadu para o colo da empregada, pensando em como era fácil ceder ao desejo de machucar tudo o que era pequeno.

4

Nesse mesmo período, decidi voltar a frequentar as sessões de cirurgia espiritual ministradas por vovó no casarão dos Morano, sede da Comunidade do Divino Espírito da Flor Vermelha.

Já estava mais que acostumada. Quando pequena, eu acompanhava vovó até o casarão dos Morano toda semana; mas sem intenções secretas e com prazer distraído — pouco me importava o que acontecia lá dentro. Estava mais ocupada em gastar o manancial da minha meninice.

Na companhia das outras crianças do bairro, brincava de esconde-esconde pelo palacete, guardando caixão no salgueiro que ensombrecia o alpendre, com os cabelos e as roupas cobertos de poeira e serragem. Interditado havia décadas devido à infestação de cupins que devorava cada degrau, tábua e alicerce da estrutura, esburacando as superfícies e cobrindo o chão de pó e asas, o casarão bambeava, prestes a colapsar. Ele precedia sua fama. Morada de espíritos e aleluias, na primavera e no verão, não havia vassoura que desse conta de varrer tanto bicho — o piso se cobria de corpos minúsculos que explodiam debaixo dos sapatos com estalidos crocantes.

Ao entrar, bastava uma rabeada de olho para a cumeeira espicaçada, as ripas barrigudas do teto, a escadaria manca e as dezenas de velas, imagens e ramos suspensos por barbantes em vigas emplastradas de merda de pombo para saber que era melhor ficar do lado de fora. E nem era culpa da vertigem que a ausência de ordem costuma causar, tampouco o fato de o chão inclinado para o lado esquerdo emprestar ares de navio naufragado ao palacete.

É que o casarão era assombrado — e todo mundo sabia. Erguia-se déspótico em meio às colinas verdejantes, onipresente de todos os lados do vilarejo, vigiando-nos como um poderoso carcereiro. Sua presença nos lambia a nuca, assentava fundações profundas em nossas espáduas; o peso era tanto que, ao fim da adolescência, os habitantes da cidade já haviam se tornado corcundas, a cabeça ameaçando cravar raízes no solo coagulado, podando toda e qualquer flor ou fruto que brotasse em perigosos tons de carmim.

O passado da família fundadora, dona do casarão e de tudo que pé, mão, olho e pensamento alcançam, era obscuro; ainda assim, todos sempre tinham algo novo para contar — mesmo que fosse mentira. Em macabra sinfonia de língua de sogra, uma miscelânea de lendas, tragédias e crimes envolvendo os Morano se desenrolava, mergulhando-nos em visões brumosas do Brasil Colônia.

Dizem que Demétrio Morano, o patriarca, era um homem mau. Tão mau que seu retrato, antes pendurado no salão principal da prefeitura, foi queimado em praça pública (vovó conta que nesse dia fizeram uma festa com direito a bolo de metro e fanfarra!). Isso porque, além de ser um dos piores homens de seu tempo, senhor de engenho e comerciante de pessoas escravizadas, Demétrio também se comportava como um chacal famélico com estômago de cachalote.

Além das crueldades típicas de um barão do café, ele havia matado a própria esposa, moça tísica e anêmica, trazida de longe em viagem de cruza-mar, após o último de seus muitos desmanchos. Ou era o que se dizia. Demétrio a teria deixado apodrecer em um baú no porão, atrás de uma porta minúscula trancada à chave, enrolada no próprio vestido de noiva, com mordidas cobrindo cada centímetro da pele adolescente e uma gargantilha vermelha segurando a cabeça no lugar.

Ela foi a primeira. Mas houve outras: cortesãs, pretendentes, primas e amigas da família. E a Mulher Vermelha. Aquela que chama a Morte e cavalga no desejo clandestino das mulheres, colorindo a paisagem em longas pinceladas de magenta.

Demétrio Morano exerceu suas vontades de parte-carne e quebra-osso em todas elas, certo da mesma impunidade com que, quando menino, ateava fogo às roupas dos criados somente para vê-los dançarem.

Acreditavam que parte de sua violência era motivada pela incompletude da propagação de seus genes de monstro. Como não podia ter herdeiros devido a um defeito de nascimento que o presenteara com um corpo escorregadio e gelado de peixe, uma criptorquidia e uma voz feminina, Demétrio direcionava sua raiva não só às mulheres, mas também aos bebês e crianças de colo dos serviçais, cujos corpos lambuzava de mel, enfiava em formigueiros e depois pendurava no galho mais alto do salgueiro-chorão que cobria o telhado da casa. Com chuva rubra sobre os ombros, o homem se sentava no alpendre com uma espingarda no colo por dias, acertando todos aqueles que tentassem livrar sua vítima de uma morte excruciante. Depois dava os restos aos cães e aos porcos, que comiam a ossada até a última falange, impedindo assim que os pais tivessem o consolo de enterrar os próprios filhos.

Cansados de prantearem seus mortos e de interromperem toda gestação que tinha início, certa madrugada um grupo de escravizados enterrou o cordão umbilical de um recém-nascido debaixo de uma roseira vermelha, se armou de faca, enxada e ancinho, e iniciou uma revolução que não entrou nos livros de história — pois ensinar desobediência às crianças é uma coisa muito perigosa.

Reza a lenda que bicho ou gente que entrasse no caminho dos escravizados era virado do avesso no gramado da propriedade, espalhado aos nacos pelos salões atulhados de móveis europeus, com sangue vermelho-escuro recobrindo as pinturas a óleo, os bustos renascentistas e os objetos de vidro colorido que levavam o mesmo nome da família.

Pendurado em uma viga, diretamente acima dos degraus de entrada, o cadáver esfacelado de Demétrio Morano parecia um boneco de trapo, o pescoço tão quebrado que o corpo girava feito pião, as calças pesadas de merda, uma papoula enfiada em cada olho.

Foi uma festa quando o povo escravizado escapou do terreno maldito. Em pouco tempo construíram a cidade, instalando-se em pequenas casas às margens da planície envolta por montanhas, parindo crianças que cresceriam para narrar os horrores daqueles tempos com uma tristeza resignada — contando e recontando, repetindo feito tabuada, a memória do intolerável. Crianças estas que se tornariam, como a mãe de Cadu e Nanda, membros da Comunidade do Divino Espírito da Flor da Vermelha; ocupando o mesmo casarão com crenças pacificadoras e energias benéficas, esforçando-se para mudar aquele passado de osso, cartilagem e sangue.

Nas cerimônias de cura, vovó dispensava uma equipe médica de apoio; era ditadora no seu reino cirúrgico espiritual, e adotava uma metodologia que não abria margem para questionamento ou palpite.

Após uma oração conjunta, os enfermos, angustiados ou curiosos, faziam fila diante de uma enorme bacia de bronze cheia de algodão. Ali, vovó — ou dona Divina, com D maiúsculo no cartaz pregado na porta dupla da frente — incorporava Madame Helena Blavatsky, a entidade que assumia os trabalhos de clarividência. Chamava uma pessoa de cada vez, despejando baldes de água benta sobre os chumaços de algodão. De súbito, a bacia de bronze se tornava um baú de tesouros e anomalias, possibilitando a descoberta das mazelas energéticas de cada indivíduo através de sinais físicos criptografados. Assim, de olhos fechados e com a ajuda de uma peneira, vovó retirava objetos que, de acordo com sua complexidade, indicavam a necessidade de limpeza ou cirurgia espiritual.

O que definia o trabalho a ser feito era o gênero de objetos que surgiam para cada pessoa. Se, ao remexer no algodão, olhos revirados nas órbitas, Madame Helena encontrasse coisas simples — cascas de ovos, pés de galinha, baratas, fios elétricos, bombril, parafusos, roupas, velas, cartelas de remédio, bagaços de laranja, sementes ou penas —, era possível limpar e libertar os caminhos de seu dono apenas por meio de reza e descarte dos objetos. Mas se artefatos perigosos se materializassem — alças de caixão, terra de cemitério, ossos, animais em decomposição, agulhas, cabeças de boneca, chumaços de cabelo, imagens de santos, fotografias, dentes, unhas, sangue ou raízes —, descarte e incineração não eram suficientes; nessas ocasiões, o paciente devia ser encaminhado para a cirurgia.

Juro que não notava em vovó uma mudança drástica de comportamento ao incorporar o espírito do famoso médico alemão. A metamorfose era sutil. Só parecia andar mais ereta, o esterno estufado para fora enquanto empunhava com desenvoltura o bisturi, realizando movimentos velozes e suaves que causavam oscilações no ar concentrado pelo perfume dos incensos e velas. Ajoelhados diante do espírito do médico, os pacientes recebiam golpes invisíveis na carne, nos olhos, ouvidos e língua. Submetiam-se com estremecimentos das pálpebras, gemendo de lábios cerrados, os corpos escoiceando sem sair do lugar. Os que aguardavam na fila, mantendo uma ordem silenciosa e cheia de expectativa, pareciam crianças torcendo para que logo chegasse a vez de andar na montanha-russa.

Minha parte favorita era o fim da sessão. Terminados os procedimentos, todos se erguiam das cadeiras com leveza, íntegros, sem cortes ou manchas de sangue, e retiravam, da boca aberta, uma pétala vermelha de açucena. Encaminhando-se para a saída, depositavam-na em um pote de cerâmica cheio de água cristalina que, ao receber a última das pétalas, transformava-se em leite cremoso e adocicado. Com o dedo úmido, vovó pintava o sinal da cruz na testa de cada um dos presentes, e depois bebia longos goles do líquido.

Apaziguada a ira da Mulher Vermelha e de todos os malefícios com os quais amaldiçoava a aldeia, o que sobrava na cumbuca era um resíduo ectoplásmico — sopa de intuição e dissabor — que não podia ser descartado de forma segura. Dotava os animais de consciência, o que atrapalhava o abate, e exigia a construção de novos cercados, uma vez que a criação se unia para fugir, indo parar em outros distritos. Matava árvores frutíferas, cobrindo-as de sarça e espinheiro, afogueando a paina que forrava os ninhos dos passarinhos. Mas, nas mulheres, se alojava no interior da barriga, bem atrás do umbigo, aumentando a frequência dos gritos, dos sonhos divinatórios e do fluxo menstrual. Em vovó, era um potencializador de dons, tipo o espinafre do Popeye.

Uma noite, após o último dos membros da Comunidade do Divino Espírito da Flor Vermelha deixar o salão, entrei descalça, para não fazer barulho, e, encontrando o hall vazio, me aproximei do pote de cerâmica diante do altar. Vovó apareceu no exato momento em que eu lambia o fundo acetinado da tigela. O sabor açucarado do leite azedou na minha boca.

— Vó...

— Vem aqui — ordenou em voz baixa, uma cólera surda corroendo a beirada da língua, os olhos de mosca transfigurados em furacão.

Obedeci de cabeça baixa, e a segui até a bacia de bronze, onde ela me inclinou para a frente e, arregaçando as mangas da veste cerimonial, enfiou dois dedos na minha garganta. O almoço, já liquefeito em uma pasta amarronzada, besuntou os algodões que flutuaram como nuvens no céu poente.

Vovó me calou com um dedo sujo pressionado contra os lábios e um gesto na direção da porta.

— Agora vai. Me espera em casa.

Guiando-me pelas luzes dos postes, das casas ao longe, das lâmpadas que iluminavam a antiga estação de trem, atravessei o silvado e o brejo que separava o casarão da rua de casa. Chorei o caminho todo, assoando o nariz ardido na barra da camiseta, já tão curta, que deixava à mostra o umbigo. Entrei em casa sem acender a luz e depois me sentei no sofá de mãos postas. A porta aberta do quarto de vovó deixava entrever a cabeça pálida de meu avô, deitado de barriga para cima, os olhos virados na minha direção.

Não precisei aguardar muito até vovó acender a luz com um tapa, e entrar na sala endireitando a coluna e expandindo o tronco, as mãos cerradas em pedra.

— O que foi isso, Beatriz?

— Vó...

— Você não fala, eu falo. Você não abre a boca.

— Tá bom.

— O que você fez hoje... foi a gota d'água. O perigo... o perigo que você passou! A partir de hoje, você tá proibida de ir nas sessão. Tá proibida de pisar perto daquele casarão. E digo mais: você tá proibida de *tocar* nesse assunto de novo, de continuar com essas caraminhola que enfiou na cabeça, de mexer nas coisa do seu avô. — Vovó tirou o cinto e o balançou na minha direção, lágrimas formando poças nos sulcos ao redor da boca. A fivela metálica cantou uma ameaça. — O que você tá pensando, menina? Que eu quero esse futuro pra minha neta? Que mexer com os morto é bom, é fácil? Que é bonito? Você não viu que gostoso que foi aquele dia lá no meio do bambuzal?

— Não, vó, por favor, não...

— Eu sou amaldiçoada, Beatriz. É isso que você quer pra sua vida? E vai ser à custa de quem? A morte da minha Ângela num foi suficiente pra pagar...? Agora chega. Abaixa as calça e vira pra lá. E vê se chora baixo, porque, se o seu avô acordar, você vai apanhar em dobro.

5

Deitei na cama de bunda quente, as cintadas de vovó levantando vergões que se arrepiavam em atrito com a calcinha enquanto eu rolava de lá para cá, tentando resfriar o corpo febril no lençol esburacado de traças. Ainda sentia o sabor do leite-vômito na boca, um repuxar de vidro moído na garganta, um néctar pestilento na base da língua.

— Eu te odeio.

Iluminada pela cúpula do abajur, Ângela assombrava o quarto ao meu redor, com seus Menudos e Dominós em pôsteres desbotados nas paredes, seus perfumes amarelados na penteadeira, seus porta-retratos que contavam histórias de amor perfeito em família — meu avô gordo e cabeludo, vovó leve e feliz, Ângela entre os dois, pertencente e insubstituível. Os três na praia, no circo, na fazenda... Olhos pregados e sem pestanas, que todos os dias me assistiam rebolar, até ficar ardida, na banqueta de franjas adornadas com miçangas.

— Eu te odeio — sussurrei, as nádegas latejando, o rosto amornado de tristeza. — Eu te odeio, sua puta. — Mirando os rostos no retrato, minha imagem sobreposta parecia tingida de vermelho.

Despertei nas primeiras horas da madrugada. Estava diante da porta aberta do quarto, equilibrada sobre as solas dos chinelos, com mãos sujas de terra e braços lanhados de arranhões úmidos. O vento bafejava sobre minhas feridas, trazendo consigo o farfalhar das árvores e um assobio alto e entrecortado. No centro do quintal, entre o pomar e a horta, debaixo da roseira — tão alta que ultrapassava o beiral do telhado —, um sorriso rivalizava com o clarão da lua.

— Mayara? — afásica, deixei escapar o palpite aterrorizante, acreditando enxergar a menina morta brotando entre as flores, as gengivas necrosadas, e minhocas dançando nas orelhas, como os zumbis dos filmes da Band.

Mas a visagem seguia paralisada, o rosto ao mesmo tempo familiar e desconhecido, enquanto eu recobrava aos poucos a consciência. O assobio, por sua vez, caminhava entre os ramos, agarrava-se aos espinhos, viajava com as folhas e os papéis de bala que, descuidada, me esquecia de jogar no lixo. Rodopiando como dançarina de porta-joias, aproximou-se e adentrou o labirinto do meu ouvido. Lá dentro, apitou e silenciou, uma e outra vez, seguindo um tipo de código Morse que eu não soube interpretar. Aguardou, paciente. Então, ocupando todos os espaços vazios da minha cabeça, explodiu em um sopro; saiu pelo couro cabeludo, vibrou ao longo da espessura de cada fio de cabelo, transformou minhas lêndeas em caixas acústicas. Compreendi a linguagem vacilante da Sibila. Chamava o meu nome.

— O que você quer? — perguntei, mesmo sabendo que nunca se deve responder ao convite dos mortos. A resposta foi uma leveza de pensamento, um estado entre pedra e ave, que me impeliu a avançar para a noite, seguindo terreno adentro.

A roseira sorridente era um muro sanguíneo de presságios. Vovó a tratava com veemência apaixonada. Acreditava ser uma oferta de paz à Mulher Vermelha.

— Quando sua mãe nasceu — recontava, podando as rosas com o tesourão ou lhes borrifando água de fumo —, eu enterrei o umbigo dela bem aqui. Fiz isso porque queria que minha menina fosse um anjo de candura e beleza.

— E o meu, vó? Você também enterrou debaixo da roseira?

— Eu não. E ser bonita lá é vantagem? No caso da sua mãe não fez diferença nenhuma. Eu fui muito boba. A Mulher Vermelha num dá ponto sem nó. Ela é assim. Com uma mão — vovó me estendeu uma rosa recém-cortada, as pétalas sedosas exalando a doçura do sangue-seiva —, ela dá. Com a outra, ela tira. — Enfiando a tesoura no bolso do avental, mostrou as palmas perfuradas de espinhos. — Sangue se paga com sangue. Por isso é importante tomar muito cuidado com essa roseira, filha. Ela tem fome.

— De quê?

— De dor.

E era verdade; a roseira mordia. Atraía as crianças com perfume e cor, cobra--coral disfarçada, e depois nos puxava para dentro, esticando galhos-dedos que se enroscavam nas roupas, reivindicando fragmentos de pele e bebericando moléculas de sangue com alto teor de açúcar. Uma vez, correndo em círculos pelo quintal, caí dentro dela, e, presa entre os espinhos como quem é atirado no rio em um saco cheio de gatos, fui dilacerada por centenas de unhas afiadas. Invocada por meus gritos, vovó apareceu imediatamente e, travando luta com o roseiral, me puxou para fora. De roupa e corpo em frangalhos, virou-se para mim com o rosto salpicado de sangue fresco:

— Menina teimosa! Você não sabe que se provar do seu gosto ela vai querer mais?

E agora o assobio me chamava para a roseira, indicando o caminho através de montes de folhas secas, enquanto as rosas observavam, curiosas, a minha aproximação. Aos poucos, o sorriso próximo às raízes ganhou contornos bem definidos, e pude reconhecê-lo. Era Ângela. A foto dela me encarava de dentro de um buraco raso, que, a julgar pelas juntas esfoladas dos meus dedos, eu mesma havia cavado. A moldura rachada do quadro desenhara um vinco profundo na superfície da fotografia; o riso artificial, riscado a vidro, distorcia a expressão eternizada de menina-moça, transformando-o em um esgar. Em volta da foto, como oferendas em um altar, estavam todos os pertences restantes de sua passagem pela terra — roupas, sapatos, fotografias, bibelôs —, objetos que nunca haviam me pertencido, mas que agora eu decidira sepultar.

A cova era larga o suficiente para abocanhar cada peça de roupa curta e apertada, cada calçado pequeno e desgastado, cada registro da figura que vovó mantinha viva às custas da minha obediência. Bonecas e ursos de pelúcia, de olhos redondos e acinzentados, empilhavam-se uns sobre os outros, feito corpos em uma vala. Os porta-retratos, desprovidos de suas fotos, já não tinham serventia. Atiçada pelo assobio, eu havia rasgado todas as imagens de Ângela em que conseguira pôr as mãos. Em meu torpor sonâmbulo, devia saber que vovó não despertaria — só dormia à base de remédios — e por isso não presenciaria minha caça às efígies da filha morta.

Apática, encarei as fotografias esquartejadas que montavam um mapa do nascimento, da infância e da juventude de minha mãe. Vovó as venerava; revisitava-as diariamente, folheando álbuns, beijando retratos, buscando os olhos vigilantes de Ângela em cada cômodo da casa. Perdia horas sentada no sofá da sala, ninando as imagens da filha no colo, com lágrimas pendendo do nariz.

Mas havia uma foto de que não gostava.

Vovó tinha os olhos treinados para reconhecer essas coisas, mas qualquer um que observasse a imagem notaria algo de anormal e inquietante ali, escondido sob a beleza e o verniz da juventude — um louva-a-deus camuflado em orquídea. Eu a havia ganhado de presente de aniversário.

6

Não sei quantos anos estava comemorando quando a estranha apareceu, logo depois dos parabéns, com um pacote nas mãos, ao som do ilariê. Mas lembro que vovó havia enchido bexigas em formato de flores, que havia uma panela enorme de cachorro-quente sobre o fogão, que o bolo estava coberto de bolinhas prateadas como chumbinho, e que recusei meu pedaço. Preferia outros doces. E comia tantos, com pressa e medo de acabar, que às vezes engolia também as forminhas de papel colorido.

Quando a moça abriu o portão com um rangido, eu tinha um beijinho na boca. Não sabia que devia tirar o cravo-da-índia de cima do doce antes de comê-lo, por isso também mastigava a madeira quebradiça, que queimava as mucosas e toda a extensão da língua, tentando me acostumar à mistura indistinta de doce e amargo. O sabor picante de especiaria se atrelou à memória daquele dia. E recordar também arde.

A mulher não se abaixou para me entregar o envelope. Seu rosto de arranha-céu — longe demais — dissolveu-se na minha memória como açúcar na água. Ficou apenas o tom de pele. Éramos da mesma cor.

— Feliz aniversário — disse, meio desconcertada, como se não tivesse o hábito de falar com crianças. Não respondi, só encarei o envelope amassado, molenga como pastel de vento. — Sua avó está?

— Pois não? — O vestido estampado de vovó tapou minha vista. Ao indicar a porta com um gesto brusco, quase me acertou com o cigarro aceso. — Hoje eu não tô atendendo, a senhora faça o favor de voltar outro dia.

— Eu sou...

— Eu sei quem você é. Mas hoje eu tô com visita. Volta outro dia.

— Não. Tem que ser hoje.

Peguei uma bala de coco na mesa e fiquei olhando de longe enquanto as duas mulheres se encaravam em silêncio. Os vizinhos, distraídos jogando truco na mesa da cozinha ou ocupados servindo as crianças, não deram atenção. E nem deveriam — vovó estava sempre às voltas com gente esquisita e de olho fundo.

Foi ela quem cedeu primeiro:

— Entra — disse, e, olhando para os lados, rumou para o quarto de costura. A moça a seguiu. E eu, abelhuda, fui atrás. Sentei debaixo do aparador encostado à parede que separava o quarto de costura do banheiro, e enrosquei os dedos na passadeira enquanto entreouvia parte da conversa.

A moça estava nervosa:

— Pode ficar calma, dona Divina. Eu não vim lhe ameaçar ou implorar indenização nenhuma. Já basta esse povo que vem da capital e peregrina por aqui com as fotos dos desaparecidos. — Fez-se um silêncio de mãos nervosas. — É que estamos de mudança. Consegui convencer minha mãe a nos mudarmos pra cidade dos meus tios. Pelo menos até eu conseguir um emprego fixo.

— Fico feliz de saber — vovó respondeu sem entusiasmo.

— É, mas não é tão simples assim. Minha mãe não quer mais ir por causa do meu irmão. Ele tá lá no quintal agora mesmo. Morto de fome, babando e chorando, com a mangueira enrolada no pescoço. Só pele, osso e espírito. Ele sempre volta quando vai chegando o aniversário de morte. E a senhora sabe que coincide com o aniversário da menina. Por isso decidi vir aqui, trazer uma lembrancinha pra ela, e falar com a senhora.

— A gente num tem o que falar. E a menina num precisa desse contato. Vocês podem ir embora sossegadas. Ela é feliz comigo.

— Aqui? Nesta casa de gente morta? — Vovó não respondeu, e a moça se sentiu encorajada a continuar, a voz trêmula de repugnância. — O velho ainda tá vivo? Bem feito.

Espiei para dentro. A moça estava sentada de costas para a porta, enquanto vovó andava de um lado para o outro, organizando e desorganizando objetos sobre as bancadas. Tinha o rosto cheio de placas vermelhas e arquejava, o peito preenchendo todos os espaços vazios do quarto. Ficaram tanto tempo sem falar que levei um susto ao ouvir a voz rouca de vovó:

— Avisa a sua mãe que o espírito dele só aparece porque tem plateia. Se vocês partirem, ele larga mão e segue em frente. Ou, na pior das hipóteses, vai atrás.

— Não. Não é verdade. Ele aparece porque tá preso a *ela*. A senhora sabe muito bem disso. E ele sente fome. Antes minha mãe deixava um pouco de lavagem no quintal e funcionava. Mas agora ela tá tendo que pingar sangue num pires pra ele lamber.

— Ela num pode continuar fazendo isso!

— E que mãe vê um filho sofrer e tem coragem de virar as costas? Ainda mais morto. A senhora tem, por acaso? — A mulher olhou em volta, tirou um lenço do bolso, e se levantou. — Ângela amava o meu irmão. E ele... Bom, não tinha muita escolha.

— Eu não vou ter essa conversa mais uma vez! Eu também perdi a minha filha. Eu também tenho que viver com a dor dessas escolha, com o fantasma delas, e pago por isso todos os dias. Então basta. Agora faça o favor de sair da minha casa.

Vistas de baixo, as duas mulheres, ambas de pé e paradas uma em frente da outra, aparentavam ter exatamente a mesma altura. Nenhuma delas parecia capaz de romper a violência muda que permeava aquele silêncio, até que a mulher tombou, de joelhos, com o lenço apertado contra os olhos. Eu já vira aquela cena inúmeras vezes.

— Dona Divina, se a senhora tiver um pingo de decência, vai sair agora dessa festa e dar paz para a alma do meu irmão. Eu te imploro! Prometo que, depois disso, no mesmo dia, se a senhora quiser, eu vou embora dessa cidade e não apareço nunca mais.

Vovó se abaixou, limpou as lágrimas da mulher com o lenço e a ajudou a se erguer. Implorar quase sempre funcionava.

— Então vai ser assim, do jeitinho que você prometeu — ela disse, o dedo em riste, ameaçadora. — Mas você vem comigo. E vai me conseguir tudo que eu pedir. Treze rosas vermelhas, uma bacia de minhocas. Eu tenho pressão alta, o meu sangue é grosso. E a gente precisa dele pra acordar a Mulher Vermelha. O problema, minha filha, é que quando ela acorda, não dorme mais... só cochila.

Me espremi sob o aparador, e as duas saíram apressadas do quarto, parando somente para que vovó enchesse uma sacola com os cadernos do meu avô e desse instruções para a mãe de Nanda e Cadu. Voltaria em dois dias — três, no mais tardar. Até lá, eu ficaria sob os cuidados dela.

Mal elas tinham virado a esquina quando corri para o sofá, onde os gêmeos assistiam desenho — Nanda tomando mamadeira, Cadu brincando com os presentes que eu seria obrigada a doar para instituições de caridade — e abri o envelope que a mulher havia me trazido.

Era uma foto rasgada, emendada com fita adesiva, e recortada em formato de coração. Sentada na antiga estação ferroviária, Ângela abraçava um moço de pele escura e olhos claros. O mesmo uniforme escolar cobria os dois corpos esqueléticos e descorados que, como cobras, se entrelaçavam com pernas, troncos e braços. Nenhum deles sorria. Em vez disso, tinham os lábios comprimidos, os olhos abaulados e as bochechas encovadas.

Pareciam famintos.

7

Ajoelhada diante do buraco, deixei as fotos para lá e analisei cada objeto dentro dele com criticismo, ciente de que faltavam algumas peças do esqueleto de Ângela. Chutei os despojos, buscando mais fundo, pensando em resgatar alguma coisa — uma boneca, um vestido —, mas percebi que nada mais me servia. Então tirei o pijama curto, as calcinhas frouxas e sem elástico, e os joguei sobre a foto sorridente de minha mãe, tapando seu rosto como um tecido mortuário.

Então, o assobio voltou; deixando a arvoreta, deu meia-volta, saiu do quintal e retornou ao quarto — que agora era todinho meu. Segui o som, já familiar, parte imanente da noite, com o vento a beijar minha pele. Acendendo a luz, fitei as paredes vazias, as gavetas da cômoda desalinhadas nos trilhos, as portas do guarda-roupa abertas. Com o apito nas orelhas, sentia-me levitar, o corpo pelado dançando de ponta-cabeça em volta do lustre, saltitando até o guarda-roupa. Passeando de porta em porta, revirei cobertores, pastas e cadernos, sacolas de roupas para doação, latas de leite condensado vazias. Fiz diversas viagens; fui e voltei com meu reles fardo, ignorando o incêndio que consumia os músculos dos meus braços. Joguei tudo aos pés da roseira.

Com sensação de dever cumprido, voltei para o quarto. Faltavam só os travesseiros finos e empelotados, que pesavam uma tonelada de ácaros. Arrastei a banqueta da penteadeira até o guarda-roupa, atirei-os sobre a cama, e, na última porta da direita, encontrei um espaço vazio ocupado somente por uma maleta verde. Era pequena, quase uma valise — a mala perfeita para o dia em que fugisse de casa (com o circo ou os ciganos, ainda não havia decidido). O problema seria mantê-la fechada; percebi que, no passado, tivera um ferrolho de mola trancado à chave, mas este agora pendia para a direita, torto e estufado, com as bordas enferrujadas. Puxei-a para fora com as duas mãos, mas o peso, somado à dormência que se espalhava pelos meus braços, a levou ao chão de taco.

Com o impacto, o ferrolho cedeu, rolando para debaixo da cama, e a boca escancarada da maleta cuspiu um revólver. Do alto, inspirava compaixão; quase como um filhote de pássaro caído do ninho.

Saltei da banqueta e me aproximei, tocando-o primeiro com os pés enlameados e só depois com as mãos. Era gelado e liso, como uma jiboia que eu havia acariciado na feira itinerante de animais no ano anterior. Despertava o mesmo fascínio perigoso; a sensação de se tratar de uma fera adormecida, imprevisível e vigilante, que morderia sem hesitação ou aviso.

A arma era tão pesada e maciça que precisei das duas mãos para segurá-la. Tinha cabo preto e cano curto e prateado, com alguns pontos marrom-escuros espalhados pela superfície. Decerto pertencera ao meu avô. *Será que já matou muita gente?* O assobio respondeu dando uma volta completa no revólver. Virei o cano na minha direção e encarei o olho negro do ciclope que vivia lá dentro. Aproximei a vista do buraco sem fundo até enxergar somente escuridão. Então, afastei o rosto da arma e enfiei a língua lá dentro.

Ela se espremeu no orifício, tateando a frieza do metal e pressentindo um sabor de coisa antiga e queimada — um resto de pólvora. *É igual mascar estalinho.* Meu corpo estremeceu de friagem e excitação; beijava de língua pela primeira vez. Encaixei o dedo no gatilho e pensei em apertar — só para ver o que aconteceria, que gosto teria o chumbo nos dentes. O assobio aumentou de volume, virou um grito agudo de mulher. *Melhor não.*

Puxando a língua de volta, assustada, atirei a pistola cheia de saliva na maleta e, num salto, a empurrei, com estrondo, para o fundo do armário. Em seguida, busquei o ferrolho debaixo da cama com dedos enojados, segurando-o entre o polegar e o indicador feito o cadáver de uma barata. Arremessei-o para dentro, e o objeto protestou com um clique metálico. Observei por um momento, já esquecida do estranho impulso de antes. No escuro daquele caixão de cerejeira, a tampa da maleta se levantou, teimosa, e o revólver espiou para fora. Bati a porta do roupeiro e saí. A aurora clareava o céu e o assobio havia sido substituído pelo canto do sabiá.

Para chegar à lavanderia, eu precisava cruzar o quintal e me aproximar da casa. Pude ouvir o ronco soprado de vovó, que, sob o resguardo dos ansiolíticos, viajava no mar dos sonhos alheia aos eventos da madrugada. Não me preocupei em ser silenciosa. Remexendo entre os produtos de limpeza sobre as prateleiras da área de serviço, logo encontrei o que buscava. Rumei novamente à roseira, quase soterrada pelas coisas tangíveis que compõem uma pessoa, mas antes parei debaixo do varal e escolhi um dos vestidos de vovó. Ainda estava úmido, e se colou à minha pele como emplastro, refrescando feridas, moldando-se às dobras da cintura, bailando em volta dos joelhos. Servia perfeitamente.

O sol já ardia no topo das árvores, embelezando as telhas de açafrão, quando, garrafa de álcool vazia em uma das mãos e caixa de fósforos na outra, acendi a pira que dizimou a memória de minha mãe.

> [...] *o primeiro amor é sempre o último.*
> Joaquim Manuel de Macedo

1

Lipe e a tia se mudaram para o nosso bairro no ano seguinte ao da morte dos Mamonas Assassinas. Alugaram a casa sem pintura e sem portão no fim da rua, em uma sexta-feira, e vovó e eu nos encarregamos de dar as boas-vindas em nome da vizinhança. Levamos um bolo de fubá cremoso coberto por um pano de prato e sorrisos que apequenavam os olhos.

— Oi, boa tarde. Licença, viu? Seja bem-vinda aqui na nossa rua. Eu sou a dona Divina, moro ali no 58, e essa é Beatriz, a minha neta. A gente trouxe uma prenda. O menino gosta de fubá?

Com o cheiro quente do bolo enchendo a casa de perfume, dona Marilene e Lipe puxaram as duas cadeiras da cozinha, e vovó e eu nos sentamos no pequeno sofá-cama empelotado. Lipe e eu nos encaramos pelo tempo do sobe e desce de um ioiô, e depois desviamos os olhos enquanto as adultas conversavam. Concentrei-me nas bolhas inchadas nos dedos dos meus pés. Não tinha muito com que me distrair dentro da casa.

Enquanto a casa de vovó quase transbordava de enfeites, cortinas, velas, tapetes de crochê, imagens de santos e vasos, a casa da tia de Lipe era nua como a planta dos apartamentos em construção que às vezes víamos em panfletos na saída do supermercado. Um sofá-cama, uma cômoda com uma pequena TV de caixa em cima, uma mesa dobrável com duas cadeiras de plástico, um armário debaixo da pia, um fogão de duas bocas, uma geladeira de pé quebrado inclinada para a esquerda. Pintadas em tinta bege sem reboco, as paredes peladas eram frias como pele morta.

Vovó desatou a papaguear, contando uma atrocidade aqui e outra ali para manter os espectadores interessados:

— Longe de mim vir botar medo na senhora, mas você sabe como é, os tempo de hoje num é que nem antes não, quando a gente saía de casa no raiar do dia e voltava só quando já era de noite e os nossos pais nem aí. Confiava, né? Não é que num tinha coisa ruim, eu mesma vi muita coisa ruim nessa vida, e como vi, viu? Se eu te conto você num há de acreditar. Mas hoje a gente tem que tá atento.

"É só ligar a televisão, num é verdade? Essa semana mesmo, eu vi que uma mãe, você imagine, uma mãe!, botou o nenê dentro da panela de pressão! Diz que tava deprimida. Olha, te falar um negócio... Aqui no bairro mesmo, dia desses, me chamaram pra acudir um nenê. A mãe e o pai, dois perdido, o dia inteiro no bar ali de cima e o nenê sozinho, passando medo, fome, frio... Os vizinho vieram pedir ajuda, que eu ajudo mesmo, né? É isso que eu faço, é minha função nesse mundo. Cheguei lá, dona Marilene, os dois caído no sofá, e o nenê morto no berço. De olho aberto, cheio de mosca em volta, a boca cheinha de ovo. Parece até que elas eram as única cuidando dele, sabe? Pajeando.

"Pois então, sabe o que é que é? Eu vim pra dar as boas-vinda pra vizinhança e também pra avisar dos perigo, que a gente tem que ficar sempre de olho aberto, e nem é por causa dos vizinho, viu? Que é tudo gente de bem. É por causa de gente de fora mesmo. Seu menino deve ter a idade da minha Beatriz, e eu vivo instruindo ela pra num fazer coisa errada, sempre prestar atenção... Por isso ela tá sempre de orelha em pé e bem desabrida.

"Esses dias, por exemplo, apareceu um andarilho por essas banda, sabe? Um desses homem que vai pra cima e pra baixo, de cidade em cidade, seguindo as linha do trem, e chegou aqui na porta da casa pra pedir comida. A gente deu, ele seguiu, e ficamos sossegada, né?

"Só que, no que deu a noite, a minha menina foi tomar banho, e num é que o homem tava do lado de fora da janela, olhando ela pelo basculante? Um perigo! Um perigo! Nisso eu saí gritando pros vizinho, e eles foram tudo atrás... Mas ó, em dois tempo o moço já tinha sumido lá pro meio do mato, lá pros lado da ferrovia, ninguém nem viu.

"Então é bom prestar atenção, porque a gente nunca sabe. Se é bandido, se num é... Na dúvida, é melhor ficar longe. Sem falar que o trem de carga passa direto aqui e a meninada tem mania de ficar no trilho ou lá dentro da estação, que já tá abandonada tem anos, o piso inteirinho quebrado e cheio de ninho de cobra debaixo das tábua. Já deixo avisado que minha menina é proibida de ir lá, daí você fica de olho no menino também."

Dona Marilene só fez que sim com a cabeça, desnorteada com a falação de vovó, sem saber se lhe cabia um espaço na conversa. Lipe me olhava de rabo de olho. Satisfeita, vovó se virou para mim, acariciando as duas tranças que havia penteado e que eu soltaria assim que saísse das vistas dela.

— Você vai auxiliar ele, num vai, Bia? Vai explicar que é perigoso brincar lá perto do trem, principalmente de noite, né...? Amanhã a criançada aqui da rua vai dar uma festinha de Carnaval. Querem se fantasiar, essas coisa toda. Eu vou fazer uns lanchinho pra eles e já compramos confete e serpentina, que aqui a gente também gosta de um fervo, de uma bagunça, né? Pois vai lá; vê se leva seu menino e aproveita pra conhecer a vizinhança tudo. Vocês vão ser muito bem-vindo.

Assim que vovó e dona Marilene se afastaram alguns passos na direção da mesa da cozinha, pegando faca e uns pratos lascados debaixo da pia, Lipe se inclinou na minha direção e sussurrou, estreitando os olhos escuros, como se já soubesse da resposta:

— Sério que tinha um homem olhando você tomar banho pela janela?

— Não.

— Então por que você falou que tinha?

Sorri de leve antes de responder, envergonhada e orgulhosa ao mesmo tempo.

— Porque eu quis, ué.

Ele levou alguns segundos para retribuir meu sorriso, mas quando o fez, permitiu que se destampasse em uma gargalhada de dentes cariados e rugas no canto dos olhos. *Psiu!*, dona Marilene ordenou, um dedo na frente da boca. Mesmo assim, o menino continuou rindo. Hoje sei o motivo; Lipe viu uma coisa feia em mim — e gostou.

2

No dia seguinte, vovó e as outras mulheres da vizinhança decoraram a garagem da casa com serpentinas, balões coloridos e máscaras de papelão, e encheram a entrada e a calçada de cadeiras de plástico e mesas amarelas de bar sobre as quais os vizinhos depositaram os quitutes: sanduíches de atum com maionese, bolo salgado, espetos de salsicha, garrafas de tubaína e latas de cerveja.

Com os CDs *Banda Eva* e *Axé Bahia 96* tocando no rádio, a molecada dançava, imitando os passinhos que víamos todo domingo nos programas de auditório. Jogávamos confetes, sprays de espuma colorida e biribas no asfalto semiderretido de verão, espantando com tapas os gigantescos carapanãs que pousavam em nossas peles úmidas e brilhantes de purpurina.

A mãe de Cadu e Nanda havia me emprestado uma fantasia de bruxa, *Para as duas menininhas fazerem par*, explicou para vovó, enquanto Nanda babava sobre a gola de seu vestido de Branca de Neve. Tentei ignorar a deixa, uma desculpa para me manter cuidando da menina o tempo todo, enquanto Cadu se divertia despreocupado, ignorando totalmente a irmã. Eu suava dentro da fantasia, o chapéu torto na cabeça, enjoada de assistir Nanda cair diante de meus pés a cada mordida falsa que dava em uma maçã de cera, *Você me matou, sua* buxa*!*, quando Lipe chegou.

Estava todo vestido de preto, com uma toalha de mesa amarrada em volta do pescoço, e os olhos e a boca pintados de batom marrom.

— Oloco, que bichinha.

Cadu debochou, do alto de sua fantasia de Batman com peitoral de espuma e tudo, despertando uma onda de gargalhadas nas outras crianças. Lipe fingiu não escutar e veio na minha direção de cabeça baixa, o rosto tingido de vermelho. Entregou-me, cerimoniosamente, um pote de vidro cheio de pipocas. Suas unhas estavam roídas quase até as cutículas — exatamente como as minhas.

— Oi — soprou.

— Oi. Tá fantasiado de vampiro?

— Aham. O batom foi ideia da minha tia — apertou os lábios, desconcertado, observando os cadarços sujos dos tênis.

— Dá pra gente fazer par — sorri, mostrando a ele minhas janelinhas, e Lipe disfarçou o embaraço pegando um punhado de confetes da sarjeta e os fazendo chover sobre a minha cabeça.

Ao entardecer, quando os adultos começaram a rir alto e botaram *Raça Negra* para tocar no último volume, puxei Lipe pelo braço. Aproveitando que vovó estava distraída ouvindo as lamentações dos vizinhos, driblamos as outras crianças — Nanda jogada na calçada, Cadu trocando soco com outros meninos —, e fugimos juntos para o terreno baldio da esquina. Enfiamo-nos entre as plantas daninhas, em meio ao coaxar dos sapos e o cantar dos grilos encobrindo o som da festa, as pernas coçando devido à pilosidade da grama que tentava beijar o céu. Sob a luz avermelhada do crepúsculo, o trilho da ferrovia parecia brilhar em tons de bronze. Um apito soou à distância.

— Sua avó não falou que é perigoso vir aqui de noite? — Lipe perguntou, a pele quase translúcida à meia-luz.

— E daí? Você tem medo?

Ele pareceu hesitar por um instante, então me empurrou barranco abaixo, a capa aberta e os dentes à mostra. Engrossou a voz, os dedos em garra:

— Eu não tenho medo de nada — mentiu.

Fingia tão bem quanto eu.

A partir daí, coexistimos em um parasitismo alternado — um fazia a vez do carrapato, o outro, da vaca. Exatamente como uma boa amizade deve ser.

3

À parte as semelhanças típicas da infância, éramos criaturas tanto complementares quanto opostas. Lipe tinha uma natureza doce; acobertava minhas mentiras e era conivente e compreensivo com minha personalidade ambivalente e temperamental. Eu, por outro lado, era toda violência. Cansada de vestir uma máscara de perfeição diante de vovó, fora de casa ia à desforra. Meu afeto se media em tapas, xingamentos e silêncios calculados. Ele aguentava tudo com paciência compassiva — e às vezes debochada.

— Alá! É a boneca Grossinha, da Estrela — provocava, principalmente se Cadu estivesse perto. — Se apertar a barriga dela, ela te manda tomar no cu. Quer ver?

Nossa amizade fora aprovada com ressalvas; dona Marilene não concordava com as cerimônias espirituais de vovó por achar que eram avessas ao cristianismo. No culto que frequentava não existiam médiuns — somente pessoas possuídas por demônios. Tampouco ia muito com a minha cara. Mesmo assim, Lipe cerrava os dentes, suportava as chineladas, e pulava o portão ou o muro de casa, me emboscando com olhos cintilando de curiosidade. Como eu sabia do que ele gostava, contava todas as histórias de vovó, exagerando-as e misturando-as com cenas escabrosas que tivesse visto nos filmes ou telejornais, até que se transformassem em algo novo, absurdo e caricato, minha própria versão de um filme B. Nessas mentiras compartilhadas, cheias de verdades escondidas, criamos um universo próprio, um dialeto de farsas carregado de fantasias sombrias, a fim de narrar acontecimentos dolorosos com distanciamento. A lógica nos era óbvia; se o horror fosse inimaginável, e tudo parecesse pior do que realmente era, então todo o resto poderia ser suportado. Se eu faltasse na escola por não conseguir mais calçar os sapatos de Ângela, e Lipe perguntasse o motivo, para esconder a vergonha, eu diria, por exemplo:

— Eu fui. Mas sabe o que é? Quando tava passando pelo portão, um mar de formigas apareceu. Elas cobriram minhas pernas, morderam meus dois pés e entraram dentro do tênis, por isso tive que tirar os sapatos. Daí a tia do portão disse que eu não podia entrar. Olha só, levei mais de setenta picadas!

Lipe fingia acreditar, abria a boca em O e fazia perguntas, e a história se desenrolava em um crescendo de loucura até que o motivo da pergunta inicial fosse finalmente esquecido. Era mais fácil se o problema fosse pequeno — ou se os sentimentos suscitados por ele fossem manejáveis. O que nem sempre era o caso.

Às vezes, sem causa definida, dona Marilene acordava com fúria imprevisível. Com o rosto franzido e as mãos em punhos, passava o dia espancando meu amigo com o chinelo, a vassoura, o cabo elétrico ou o cinto. Lipe se arrastava até a carteira da sala de aula, nem lá nem cá, e sussurrava desalentado, como a gravação de um menino que já tivesse morrido:

— Hoje de manhã acordei e minha tia tava parada do lado do sofá-cama com uma faca na mão. Ela cortou meu corpo em vários pedaços e depois jogou lá embaixo, no trilho do trem, pros cachorros comerem. Não sobrou nem osso.

Eu enxergava o medo de Lipe nos olhos sonolentos, no semblante resignado de bovino e nos tiques que se intensificavam, evoluindo de piscadas nervosas a espasmos nas mãos. Nesses dias, ele carregava na pele os matizes do lusco-fusco; aparecia manchado de vermelho ou violeta, sangue coagulado nos lábios, um dos olhos meio Quasímodo. Queria salvá-lo; levá-lo para morar comigo no quartinho dos fundos, roubar bolacha da despensa para preparar nosso jantar. Mas vovó não permitia, achava falta de respeito trazer gente de fora para deitar nos lençóis que o corpo de Ângela havia tocado. Por isso, eu esperava até que seu remédio de dormir fizesse efeito para trazê-lo para dentro, arrumando o colchonete de solteiro aos pés da minha cama. Lipe se comportava bem, e obedecia a todas as regras da casa:

— Minha avó não gosta que largue roupa suja no chão. Ela diz que os espíritos obsessores grudam nelas e não saem mais. Tipo pisar no chiclete, sabe?

— Sim, senhora. Também não vou deixar o chinelo ao contrário nem abrir o guarda-chuva dentro de casa, prometo — respondia, ajeitando os tênis do lado da porta e deitando de lado, o dedão metido na boca. Dormia em menos de dois minutos, enquanto eu passava horas namorando o teto.

Às vezes ficava uma semana fora de casa. E a tia dele nem ligava.

Apesar dos rompantes homicidas, dona Marilene não era de todo ruim, o que vovó sempre fazia questão de frisar ao ver minhas sobrancelhas cerradas na direção da mulher. Quando não estava na igreja ou descendo a mão em Lipe, divertia-se com jogos de azar: apostava na Tele Sena, no jogo do bicho, na raspadinha e na Loteria Esportiva. Podia faltar — e faltava *mesmo* — arroz e feijão na mesa, mas não faltava dinheiro para o carnê do Baú da Felicidade. *Vocês vão ver, gurizada*, dizia, *um dia vou ficar tão rica que volto pra minha terra e vocês nunca mais escutam falar de mim. Vão morrer de saudade*. E a gente ria, inocente. Era tão vidrada em jogatina que, nos nossos aniversários, costumava presentear a turma com uma Tele Sena e uma raspadinha, que nos juntávamos para raspar usando uma das centenas de moedas de um centavo que os pais de Nanda e Cadu largavam no cinzeiro da mesa de centro. Tínhamos planos de ir à Disney "Épicote", o parque mágico que sempre passava nos reclames das fitas dos gêmeos. Mas os dois foram sozinhos — e sem ter ganhado na loteria.

Aos fins de semana, se dona Marilene acordasse de bom humor e tivesse faxina marcada para a semana seguinte, ela nos mandava à lotérica em seu lugar e até deixava que usássemos o troco para comprar doces na Venda da Viúva, que pertencia a dona Elza. Voltávamos com um saco pardo como o do Doutor Chapatin: cheio até a boca de pirulitos de chupetinha, balas de hortelã, canela ou coca-cola — mas *nunca-em-hipótese-alguma* balas Soft. As mães da vizinhança haviam espalhado uma lenda assustadora: se as chupássemos, engasgaríamos e morreríamos asfixiados. (Embora, é claro, ninguém soubesse nomear um caso concreto de morte causada por bala Soft, assim como nunca havíamos conhecido um motoqueiro que tivesse sido decapitado por linhas de cerol, uma pessoa cujo corpo houvesse se deformado após tomar banho e sair no vento, que tivesse ficado presa no ralo da piscina do clube; mas obedecíamos — só por via das dúvidas.)

Para compensar o desejo de flertar com a ceifadora, nos empenhávamos em transformar as balas de canela em instrumentos de tortura: enfiávamos o máximo de esferas — grandes e maciças como bolas de gude — na boca até a língua adormecer e pinicar, os olhos lacrimejarem e as articulações da mandíbula doerem. Depois, as cuspíamos o mais distante que podíamos, tentando acertar um ao outro com projéteis de açúcar apimentado.

Nas tardes de céu limpo, quando a lua surgia apressada e competia com o sol, lavávamos o melado da pele no brejo e declamávamos a assustadora história do marido de dona Elza. Enquanto os outros me assistiam, degustando o sabor das próprias cáries, eu repetia, palavra por palavra, o segredo que vovó pedira para não contar a ninguém:

— Uma noite, antes de eu nascer, minha avó e a Ângela estavam assistindo novela quando tocaram a campainha lá da porta de casa. Eram a dona Elza e o nenê dela.

— Mas ela não tem nenê — interrompeu, de propósito, o chato do Cadu.

— Agora não, né? Ele cresceu. Já tem até filho.

— Como chama o *fio* dele? — Nanda queria realmente saber.

— Cala a boca que ela tá contando a história. Não é pra falar, é pra escutar — Lipe disse, arrancando tufos de grama e os atirando longe, atento ao causo que eu já lhe havia contado ao menos uma dúzia vezes.

— Minha avó abriu a porta e deixou ela entrar, mesmo sendo tarde. A dona Elza tava com a roupa toda suja, e o nenê chorava de se acabar. Ela disse que tinha um bicho lá fora, grande e preto, da cor da asa da graúna, com dentes enormes e olhos de fogo, e que tinha saído do bosque do casarão dos Morano. Ou seja, bem ali! — Nessa hora eu apontava para além da encosta onde estávamos, na direção de um aglomerado de árvores que, daquele ângulo, parecia um felpudo tapete verde-escuro.

Os três reagiam sempre da mesma maneira. Lipe endireitava a postura, arregalando os olhos, Cadu revirava os dele, e Nanda soltava um gemido baixo e se encolhia ao lado do irmão.

— Eu não gosto dessa *históia*. Eu tenho medo.

— Então tampa os ouvidos que agora eu vou terminar. Ninguém te chamou aqui, você veio porque quis.

Cadu deu um soco no braço da irmã, e Nanda chorou seu pranto agudo e descontrolado, até dois rios de catarro escorrerem e cobrirem a boca torta. Fingi não ver.

— Bom, dona Elza disse pra minha avó que tava voltando, com o marido e o nenê, da casa da irmã na Vila das Palmeiras. No meio do caminho, o homem reclamou que tava com dor de barriga. Ele pediu pra dona Elza seguir sozinha, deu o chapéu de palha que usava pra ela segurar, e correu para dentro do mato. Ela obedeceu.

"Dona Elza foi levando o nenê e o chapéu, e já tava virando a curva perto da estação ferroviária quando escutou um uivo de bicho. De primeira ela pensou que fosse um urutau, mas o barulho era muito alto para ser de passarinho, e vinha do chão, né? Não das árvores. Percebendo o perigo, o nenê abriu o bocão, parecia até que queria avisar as pessoas. Mas ninguém escutou.

"Ela passou bem nas margens do brejo, aqui do nosso lado, e já tava quase na esquina da nossa rua quando, de repente, uma coisa saiu do meio do mato e tentou avançar nela e no nenê. No que o bicho pulou para abocanhar o bebezinho, ela foi mais esperta, e enfiou o chapéu dentro da boca dele. A palha, que era bem grossa, enroscou nos dentes do monstro, e dona Elza saiu correndo pra pedir aju-da. A minha casa foi a primeira que ela encontrou com a luz acesa naquela hora.

— Que sorte! — Lipe deixou escapar. Os três agora me encaravam, total-mente entregues às invencionices irrefutáveis da nossa terra. Nanda lambeu o lábio molhado de ranho.

— Daí, minha avó passou a chave na porta da cozinha, mandou que todo mundo se escondesse no quarto onde meu avô dormia, pegou o revólver dele e saiu de casa. Assim que ela pisou pra fora, viu que a lua tava redondinha, amarelinha lá no céu. Que nem hoje, tão vendo? Nisso ela já matou a charada.

Nanda voltou a chorar quando Lipe e Cadu uivaram em uníssono para o céu, chapinhando água com os pés descalços, e continuou saboreando o caldo de ranho e lágrimas.

— Vovó decidiu ir até a casa da dona Elza, ver se o marido dela tinha chegado. Precisou dar só uns passos pra perceber que não; as luzes estavam apagadas e a porta bem fechada com a tramela. De repente, minha avó escutou um barulho. Um som bem alto de respiração. Assim, ó: rrrrrr... Rrrrrr...

— O *monsto*!

— A arma já tava engatilhada quando vovó virou, então ela apertou o gatilho três vezes. Pá, pá, pá! E acertou o bicho bem aqui, no meio do peito. Não errou nenhum. E no que foi agonizando, uma poça gigante de sangue vermelho enchendo o chão em volta dele, ele foi assumindo as feições do marido da dona Elza. Mas não é só isso.

"No meio dos dentes, emboladas como um rolo de fio dental, tavam as palhas do chapéu que ele tinha comido."

Encenando a pantomima de todos os dias, Nanda correu aos prantos para casa, sendo perseguida por Cadu, que lhe implorava para ficar quieta. *Não conta pro pai, não conta pro pai, não conta pro pai...* Lipe, por sua vez, avançou sobre mim. Latindo e rosnando, saltava ao meu redor, esforçando-se para me morder. Lutei preguiçosamente, dissimulando uma fuga. A história fora apenas um pretexto, pois eu a contava só para sentir os dentes dele carimbados em mim.

4

Crescemos rápido como jiboias.

Lipe para cima, fino e desengonçado, eu para os lados, atarracada e agreste. À época da descoberta do cadáver de Mayara, caroços doloridos já despontavam no meu peito chato; moedas de carne que latejavam ao menor toque da camiseta e me faziam perder o ar se alguém chutasse uma bola em minha direção. Um cheiro insistente e azedo se impregnou nas roupas de Ângela, deixando sua presença no quarto mesmo que eu não estivesse ali, transformando o cesto de roupa suja numa desagradável mistura de naftalina com cecê.

— Que cheiro é esse, Beatriz? Tem um rato morto aqui? Vou ter que bater a roupa com soda cáustica.

Vovó franzia o nariz para minhas calcinhas, que, com dedicação, passei a esfregar no chuveiro com sabonete. As manchas continuavam ali, bastante visíveis, o decalque dos meus corrimentos. Eram bonitos os desenhos — a pareidolia hormonal da pubescência.

Àquela altura, dona Marilene já havia deixado a cidade. Nem fez questão de se despedir. Certo dia, ao voltarmos da escola, encontramos a porta de casa escancarada e uma pilha de Tele Senas sobre a mesa. No topo delas, uma raspadinha premiada; a única herança que Lipe receberia da tia. Entendemos a obsessão pelos jogos de azar.

Esperei na calçada, mastigando a parte interna das bochechas, enquanto Lipe embolsava a raspadinha e rasgava os outros papéis em picadinho, cobrindo o chão de recortes coloridos — numa chuva de esperanças falidas. Depois disso, nunca mais voltou a entrar lá. Não se explicou, mas eu sabia; tinha medo de estar ali sozinho, com as sombras dos móveis desocupados pesando em sua solidão.

Depois disso, vovó deixava que Lipe dormisse em casa dia sim dia não, ainda meio contrariada; nos outros dias, Cadu dividia o beliche com ele, e Nanda ficava feliz em dormir com os pais, de paninho na mão e chupeta na boca. Uma tarde, enquanto apostávamos corrida até o Açougue do Roberto para buscar carne moída para o jantar, lutando para alcançar Lipe, que já estava no meio do outro quarteirão, escutei os vizinhos falando sobre acionarem o Conselho Tutelar. *Esse menino fica aí largado, onde é que já se viu? Daqui a pouco tá metido com droga. Tem que ir para uma instituição.*

Naquela noite, menti para ele. Disse que vovó não queria que dormisse lá, e pedi que ficasse na casa de Nanda e Cadu. Lipe respondeu com um bico de mágoa e um balançar de ombros que se transformaria em uma ausência de dias sem fim. Ajudei vovó a preparar o jantar, a trocar a fralda de meu avô e a lavar a louça. Então, enquanto tricotava assistindo ao *Programa do Ratinho*, pedi que o adotasse.

— Por favor, vó. Senão vão levar ele embora — insisti, pois ela voltou os olhos para o bordado sem responder ao pedido.

— Adotar um marmanjo desse? Tenha dó, Beatriz. E eu lá sou dona do banco? — explodiu.

— Mas ele tá sozinho.

— Ué, você pensa que a vida é fácil, minha filha? Seu avô, por exemplo, perdeu os pais quando era mais novo ainda. E na idade do seu amigo já trabalhava. Quantos anos ele tem?

— A minha idade.

— Quase doze anos já. Tá mais que na hora de virar homem. — Vovó aumentou o volume da televisão. Parei na frente dela.

— Um dia você disse que ele tinha um jeitinho — arrisquei, desesperada.

— "Jeitinho"?

— De médium. Que ele era igual a você.

— Ai, Beatriz, de novo esse assunto? — Vovó escondeu a cabeça nas mãos, desanimada. — Por que você é assim?

— Você precisa ajudar ele, vó. Ele pode te acompanhar lá no Casarão dos Morano. É só você ensinar... o Lipe é tão inteligente, ele sabe todas as capitais do Brasil e só tira dez em matemática!

— Se ele é tão inteligente assim, por que você tá tão preocupada? Ele já é um mocinho. Vai se virar.

E Lipe realmente se virou. Alguns dias depois, por intermédio de vovó, começou a ajudar na venda de dona Elza, que lhe deu um colchão onde dormir no estoque e várias refeições quentinhas. A vizinhança também doava roupas e sapatos usados. Desconjuntados em roupas surradas que eram pequenas ou grandes demais, ele e eu parecíamos uma triste dupla sertaneja: Rasgado & Furado. Pertencente a lugar nenhum, Lipe vivia com a mochila do Proerd nas costas, para cima e para baixo, como um andarilho. Estava sempre apressado. Já no mês seguinte, enfeitiçado pelo deus-dinheiro e sonhando em comprar uma bicicleta, abandonou a escola, e foi arrumando vários bicos pela cidade. Todo mundo achou bonito — Lipe estava virando homem.

Na escola, sozinha na carteira dupla, sua ausência me doía como um membro fantasma. A sala de aula continuava a mesma, com sua ausência de cores, o ventilador quebrado e o cheiro de álcool das folhas de tarefa; mas a falta que Lipe fazia engolia todo o resto, obliterava a importância de aprender novos conteúdos, a alegria que eu sentia perto de outros colegas. De certa forma, era como se tivesse morrido, e eu fosse forçada a seguir com a farsa de que nada havia acontecido enquanto um monstro mastigava o meu peito.

Assim, passava a manhã dormindo, escrevendo no diário ou trocando bilhetes com Cadu:

Você viu o Lipe ontem?
Não te intereça
Você viu o Lipe ontem?
Vi, tá ca namorada nova dele
Você viu o Lipe ontem?
Fodasse vosê e ele

No início, tive medo de alguma retaliação por parte da professora, mas tia Edna já estava acostumada com minha falta de interesse e apenas ignorava minha presença — nesse aspecto era bastante parecida com vovó.

5

Aos fins de semana, se Lipe tivesse folga, aparecia na rua com o bolso pesado de doces e dava uma de Papai Noel, distribuindo chicletes e pirulitos para quem encontrava. Nesses dias peguentos de açúcar, seguíamos direto para a Locadora do Matozo, onde jogávamos fliperama e alugávamos fitas de terror.

Vovó sempre vetara a entrada de filmes do gênero em casa. *Isso só serve pra atrair espírito de porco*, dizia, mas, desde que despertara naquela manhã de fumaça para descobrir que os pertences de Ângela haviam sido incinerados, nada mais lhe importava.

O fogo já ia alto quando abriu a porta da cozinha e desceu os três degraus que davam para o quintal — os dedos tateando a fumaça grossa que encardia as cortinas, entrava pelas persianas e defumava os pulmões débeis de meu avô, as toalhinhas de crochê, as coroas dos santos.

— O que você fez? — ela sussurrou, sufocando os gritos que assomaram ao notar o que carbonizava na cova incandescente.

Enquanto ela beijava o chão coberto de cinzas, tentando reter entre as mãos os artefatos que se desfaziam em pó, seu sofrimento me golpeou o peito, materializando-se em uma palpitação que me dobrou ao meio, roubando minha respiração, e trazendo de volta o assobio da madrugada — o canto daquele pássaro odioso.

Vovó se aproximou de mim com o rosto sujo e as lentes dos óculos embaçadas. De punhos cerrados, me abraçou tão forte que meus ossos estalaram. Retribuí, cravando as unhas em sua carne.

— Faz o que quiser — gemeu, entredentes, limpando minhas lágrimas, espalhando as cinzas de minha mãe sobre todo o meu rosto. — Mas fica longe de mim. Eu te imploro.

Foi como se as labaredas lhe tivessem cauterizado a língua. A partir daí, mantinha comigo uma relação meramente operacional; me servia comida, colocava dobradas sobre a cama algumas das roupas que não usava mais, forrava os fundos dos sapatos velhos com papel-toalha para que não me saíssem dos pés, assinava as provas em que eu havia tirado nota baixa. Sempre em silêncio. Um silêncio reticente, amordaçado, de quem tem o que dizer, mas não pode — nem deve. Sabendo que havia ultrapassado um limite sem retorno, que o amor a mim destinado virara fuligem e fora pousar no quintal dos vizinhos e nos capôs dos carros estacionados pela rua, eu sentia um desejo autopunitivo de obnubilar meu próprio sofrimento com os horrores e as maravilhas do cinema.

No que agora era meu quarto, havia uma televisão de tubo com videocassete acoplado, a única aquisição de Ângela ao conseguir um emprego de atendente no antigo bazar da esquina. E o único item que eu nem cogitara destruir. Fosse revendo *A história sem fim* pela milésima vez, sonhando em voar nas costas de Falkor, ou tapando os olhos quando Jason atravessava a garganta de alguém com um facão, eu experimentava uma euforia lancinante e maníaca ao mergulhar no VHS. Nessas horas, sozinha ou acompanhada de Lipe, deitada sobre a cama de solteira ou de bruços no tapete, espectadora e desveladora de universos, longe de minha própria vida, eu sentia algo próximo da verdadeira — e tão rara — felicidade. Os filmes eram a janela da masmorra que fora construída dentro de mim. Às vezes, eu passava o dia todinho espiando para fora, ouvindo as personagens tagarelarem, suas histórias substituindo a falta dos causos de vovó. Aprendi a dormir com o barulho da televisão ligada. Só os gritos dos filmes de terror abafavam o assobio que agora morava na minha cabeça.

Matozo era meu fornecedor. A locadora dele ficava a três quadras de distância, em um sobrado comercial em cima do Bar do Toco. Era meio barra-pesada. Às nove da manhã, a frente do estabelecimento já estava ocupada por um batalhão fedendo a cachaça em uma barricada de mesas vermelhas de metal estampadas com os pinguins da Antarctica. Nossas excursões até lá envolviam treinamento de guerra: precisávamos desviar dos cacos de garrafas quebradas; dos braços esticados com cigarros em brasa; das poças de vômito na calçada coalhada de tampas de alumínio; e, certo dia, até de uma mancha de sangue que havia escorrido pela sarjeta e coagulado no meio-fio. Eu só tinha coragem de frequentar a locadora na companhia dos meninos; mas, ainda que estivéssemos juntos, os bebuns se aglomeravam ao nosso redor feito moscas-varejeiras no lixo. Nus da cintura para cima, a pele reluzindo de suor, com barrigas estufadas ou costelas à mostra, eles tinham dedos nos olhos. Às vezes chegavam a se levantar, contornavam a pilastra coberta de rótulos de cerveja que separava o bar da escadaria que levava à locadora, e nos observavam subir, analisando minhas pernas morenas e a barriga arredondada que, no passado, sempre escapava das blusas herdadas de Ângela.

— É *A noite dos mortos-vivos* — Lipe dizia, revirando os olhos e entortando a boca, divertido.

Tão logo pisávamos no pano de chão encardido na entrada da locadora, cumprimentávamos Matozo, um homem gordo, grisalho e de papete, cujo peito cabeludo escapava da gola da camisa. Em seguida, virávamos à direita na terceira estante, andando até o fim do corredor. No fundo da loja, uma prateleira envelopada em papel laminado preto com letras vermelhas e ensanguentadas parecia berrar: TERROR.

O acervo era limitado, mas nós o adorávamos: havíamos assistido praticamente tudo. Alugávamos quase sempre os mesmos: *Cemitério maldito*, *A morte do demônio*, *Aracnofobia*. Mesmo assim, nos demorávamos ali de propósito. Abaixávamos para escolher alguma fita específica e fingíamos ler a sinopse quando, na verdade, como o resto da molecada do bairro, estávamos apenas de olho nas fitas pornôs posicionadas na estante de trás. Matozo fazia vista grossa; só não nos botava para correr porque todo fim de semana levávamos dois ou três títulos, e pagávamos direitinho — com dinheiro roubado da caixinha da Comunidade do Divino Espírito da Flor Vermelha.

Minha fita favorita era *A maldição de Samantha*, cuja capa exibia uma moça bonita e assustadora, de olhos arroxeados, com raios saindo das mãos. Se fosse retirada do lugar, deixava à mostra o verso de outra fita, composta de uma montagem de fotos de freiras em todo tipo de posições sexuais. Buscava, ávida, sempre a mesma imagem: nela, um padre lambia a vulva de uma freira de seios inflados como balões cor-de-rosa. De língua esticada e olhos fechados em gozo, o homem parecia chupar algo delicioso — tipo um picolé da Yopa.

A cena então me perseguia por dias. Graças a ela, aprendi a usar o chuveirinho. Afastando a cadeira de banho do meu avô, eu mijava no canto do box, e depois me deitava no azulejo liso de sabão, a mangueirinha jorrando forte entre as pernas; primeiro de um jeito gostoso, depois numa explosão dolorida de água escaldante, enquanto imaginava que havia me transformado em um chup-chup de doce de leite de um metro e meio de altura.

Às vezes, durante nossas sessões de cinema, a puberdade de Lipe se mostrava violenta e exibida, muito diferente de minhas sutilezas invisíveis, de meus banhos longos e doloridos, dos discretos movimentos circulares sobre cadeiras e ursos de pelúcia. Sofria de ereções involuntárias com cada vez mais frequência, sempre que víamos TV sozinhos ou dormia aos pés da minha cama. Elas apareciam em momentos aleatórios, mas, especialmente, se assistíssemos a *Picardias estudantis*, *Sexta-feira 13* ou à "Banheira do Gugu". Ele fazia o que podia para esconder a saliência na bermuda de tactel: enfiava-se debaixo de edredons e almofadas, puxava a camiseta para baixo, se inclinava um pouco para a frente. Ainda assim, não conseguia disfarçar o rubor nas bochechas, ou o olhar enviesado que às vezes dirigia a mim, mesmo que eu não fosse nem um pouco parecida com as moças da TV.

Eu era feia, bruta e desengonçada. Não bastassem os incisivos separados, em cujo vão eu encaixava o canudo das Mocoquinhas, e as mãos e pés grandes e masculinos, minha pele escura estava se enchendo de manchas brancas e ovais, ásperas ao toque.

— Isso aí é verme, já te falei. Toma aqui um licor de cacau Xavier pra ver se melhora essas pereba — vovó costumava dizer no começo, enchendo-me de vermífugo. Mas, ainda que eu cagasse mole por uma semana, o resultado continuava o mesmo. Minha feiura era congênita e incontornável. Lipe, no entanto, se tornava mais bonito a cada dia. No rosto que se alongava, nas sardas que cobriam cada pedaço exposto de pele, nos dentes quebrados, nos joelhos e cotovelos ralados, na monocelha escura que evidenciava os tiques dos olhos — a beleza dele me mordia, eviscerava; abria na minha barriga um buraco recheado de tormenta.

Gradualmente, um abismo se abriu entre nós. Um ímã que nos magnetizava e polarizava ao mesmo tempo, uma distinção de gêneros — antes inexistente — que transfigurou todas as coisas.

Aos poucos, Lipe foi se afastando de novo. Deixou de me acompanhar nas nossas brincadeiras de adivinhação, de cuspir tinta vermelha na água de uma tigela para interpretar desenhos, de se interessar por minhas histórias de fantasmas. Tínhamos um acordo tácito: eu não falava de seus pais mortos, ele não mencionava Ângela nem o ocorrido com Mayara. Mesmo assim, as lacunas de todas as outras coisas não ditas foram crescendo, somadas ao limbo de nossos corpos desconjuntados e metamorfoseados em bigornas onipresentes. Por isso, ele preferiu debandar.

Encontrou seu lugar entre os moleques do bairro, aproximando-se ainda mais de Cadu. Os dois pareciam sempre envolvidos em segredos risonhos; vendo fotos de mulheres nuas, jogando futebol, batendo bafo ou fazendo gestos ritmados com as mãos que eu não compreendia direito. Cresceram rápido do lado de fora, engrossando a voz, cultivando a pelugem do buço, pregando peças de mau gosto — como quando Cadu rasgou os bolsos da bermuda e pediu que eu enfiasse a mão ali dentro só para que tocasse, desavisada, a pele macia de seu pênis.

— Cuidado com a cobra, Bolatriz — riu, e Lipe também achou graça no meu susto, na careta de asco e medo que me deixou paralisada, embora eu costumasse responder a todas as provocações com socos.

A mim sobrava Nanda. Tinha onze anos e meio de idade, mas não parecia ter mais do que sete. Era um entojo. Andava devagar, não se expressava direito, ria e chorava nas horas erradas. Tudo nela me causava repulsa: o corpo franzino e quebradiço, a escoliose que formava um S nas costas, os dentes protuberantes e acavalados que cresciam despareados, o fato de ainda mijar na cama e adorar assistir aos *Teletubbies*.

Quando ninguém estava vendo, eu batia nela. Puxava suas tranças até ouvir o escalpo estalar, torcia sua carne entre os dedos, dava socos em suas costas. Ela sempre chorava de qualquer maneira, então não fazia diferença. Às vezes a empurrava no asfalto quente, apertando seus membros contra o piche escaldante, depois mentia, com voz melosa, meu grito ecoando pela rua:

— Tia, a Nanda caiu!

Lipe sabia da verdade, mas nunca contava a ninguém. Às vezes fingia não ter visto, outras vezes me lançava um sorriso furtivo que eu fazia questão de não retribuir. O animal faminto que se expandia dentro de mim era arredio, solitário e não aceitava testemunhas.

6

Sem ter com quem conversar, fui guardando para mim os assobios, a pressão no peito, os pesadelos. Não contei a ninguém sobre as vozes que balbuciavam na minha cabeça durante o sono, me mostrando ocos de árvores recheados de olhos murchos, unhas quebradas e umbigos ressequidos. Guardei para mim os sonhos em que caminhava por orfanatos onde carrapatos grandes como grãos-de-bico invadiam os berços e se colavam à pele de bebês moribundos, formando um suéter de parasitas bebedores de sangue. Escondi as visões de matas encarnadas, bezerros e cordeiros de duas cabeças, mulheres parindo tumores com fios de cabelo e dentes.

Acordava sobressaltada na madrugada, o rosto úmido de lágrimas, o maleiro aberto do guarda-roupa me encarando. O revólver de meu avô me esperava ansioso dentro da maleta verde. De início, eu o empunhava com receio, feito rato devorando queijo de ratoeira, mas, aos poucos, acostumei-me com seu peso e textura.

O punho da arma se encaixava perfeitamente em minha mão. Com ela eu me sentia bonita, adulta e corajosa; posava na frente do espelho, apontando o cano escuro para a minha imagem, fechando um olho e abrindo o outro. Rodando o tambor entre os dedos, apertava o gatilho em pose de faroeste, girando o guarda-mato no indicador, assoprando a fumaça imaginária do cano: *Hasta la vista, baby*. Abria a porta do guarda-roupa diversas vezes ao dia para me assegurar de que o revólver ainda estava lá. Sua presença me tranquilizava, causava a falsa impressão de que nada — e ninguém — seria capaz de me machucar.

Com o passar das semanas, meus sonhos pioravam. Neles, era espectadora de cenas grotescas parecidas com as dos filmes: enxergava de fora, incapaz de interferir, execuções à queima-roupa, corpos atirados em poças de sangue, mulheres amarradas de pernas abertas levando choques, peles tatuadas de hematomas e hemorragias, barrigas vazadas de buracos de bala exibindo órgãos lustrosos.

Certa noite, depois de assistir a uma moça ser torturada com uma furadeira — braços e pernas tão apertados em fios de arame farpado que deixavam à mostra o branco dos ossos —, despertei aos gritos. A televisão chuviscava, submergindo o quarto em uma piscina prateada. Antes de ver, senti; o rompimento de moléculas, um bafo frio de tempestade, o estalo de ossos que se chocam no vazio. No canto escuro da cômoda, entre a porta e o guarda-roupa, alguém batia palmas e cantarolava, em um som difônico de timbres distintos. Só pude ver os pés; dois toquinhos de onde floresciam rabos-de-gato.

— *O céu é lindo, Beatriz. O céu é tão lindo...* — entoava a voz de vovó: eram as palavras que Mayara dissera à mãe no dia de seu enterro.

Cruzando os dois braços sobre o rosto, corri, e atravessei o quintal, a noite, os meus receios. Passei pela cozinha, percorri o corredor e invadi o quarto dos meus avós. Vovó ressonava tranquilamente, o rosto repousando sobre o travesseiro, enquanto meu avô quedava imóvel, de barriga para cima, o peito mal se erguendo a cada inspiração. Afastando o lençol, deitei-me entre os dois, como fazia quando pequena — só para depois ser obrigada a encontrar o caminho de volta, sozinha, através do quintal escuro. Trêmula, evitei tocar na pele fria e malcheirosa de meu avô, e virei de lado e abracei vovó, buscando seu calor reconfortante, seu cheiro de mãe. Ela retesou os músculos imediatamente, como se algo repugnante lhe tivesse roçado a pele. Depois virou para mim os olhos questionadores.

— Vó, posso dormir com você? Só hoje? Eu tô com muito medo — pedi, a voz rachando de tristeza. Ela se sentou, ajeitando a gola da camisola que quase deixava escapar um seio. — Tem gente assobiando na minha cabeça. E sempre que eu durmo vejo coisas muito feias.

A mão quente e macia de vovó se fechou com força no meu braço, obrigando-me a me sentar também. Pensei que não fosse dizer nada, mas respondeu, desanimada, articulando as palavras com dificuldade. Na mesa de cabeceira, a dentadura sorria mergulhada em um copo turvo de água com bicarbonato:

— Ué, Beatriz. Você num tá tentando abrir a porta à força? Pois então aguenta. É assim mesmo.

— Mas eu tô com muito medo... — insisti, enquanto ela se levantava e me arrastava até o corredor.

— Sentir medo é bom porque ele mostra o que a gente pode e o que a gente num pode fazer. Quer que eu te ensine? Então aproveita a lição e vê se aprende. Volta lá e dorme com os espírito ruim que você acordou.

E, me empurrando para fora, fechou a porta na minha cara.

7

Ainda que estivéssemos perdidos no mundo invisível de nossas próprias solidões e silêncios, nadando em testosterona, estrogênio, catinga e desespero, o pêndulo oscilou mais uma vez, e Lipe voltou para mim. Enjoado do futebol, das brincadeiras estúpidas dos outros meninos, de Cadu e seu berço de ouro — com o cursinho de inglês, o video game, os feriados na praia, a família estruturada —, decidiu fingir que não havia me abandonado nos arcabouços da infância. Agora me esperava todos os dias na saída da escola, o corpo fedendo a Avanço, as mãos tão agitadas quanto os olhos. Tentava escondê-las nos bolsos, mas os tiques denunciavam seu estado de espírito.

— O Cadu falou que vocês têm prova semana que vem. Hoje à tarde eu tenho folga, quer ajuda pra estudar? Posso repassar a matéria com você e depois a gente vê um filme ou te levo pra tomar sorvete — propunha, comprimindo os lábios, ansioso.

— Ajudar como? Nem pra escola você vai, moleque — eu respondia, grosseira, feliz de poder magoá-lo. — Enfia esse sorvete no cu.

Nos poucos momentos em que ainda saía para brincar na rua, se notasse sua silhueta comprida se aproximando, voltava para dentro, batendo o portão atrás de mim, ou fingia estar muito envolvida numa conversa com outra pessoa. Lipe se achegava meio tímido, mordendo o canto da boca, ou se esforçava para chamar minha atenção, falando alto, rindo ou gritando. Mas às vezes era mais direto, me puxava pelo braço com delicadeza, cheio de expectativa:

— Bibi, quer ir lá no campinho?

— Quem?

— Você...

— Perguntou!

Uma tarde, decidi levar minha bicicleta na borracharia da rua de cima. Fazia semanas que estava encostada na lateral da casa, os pneus murchos, provavelmente furados. Encontrei o Fofão de Ângela dentro da cestinha; a fuça horrorosa parecia até contente de me ver. Meu peito se torceu feito um pano sujo. Havia me esquecido dele. Pensei em reabrir a cova aos pés da roseira, encerrá-lo em um ataúde de caixa de sapatos, mas não queria arrancar a casca do machucado de vovó. Então guardei a bicicleta na lavanderia, peguei pá e tesoura, e segui na direção do campinho, procurando a sibipiruna onde dezenas de cruzes de palito de picolé marcavam o meu cemitério particular.

Estava cavando um buraco entre as raízes da árvore, o vestido longo demais se sujando de terra, quando uma sombra desceu sobre mim. Franzi o cenho, tentando ouvir o assobio que, vez ou outra, retornava e prenunciava aparições e pesadelos, e continuei cavando em silêncio. Fantasma ou gente, pouco me importava. Já não parecia haver tanta diferença.

— Oi. — Ergui os olhos. Era Lipe. Vestia uma camiseta nova e tinha o cabelo duro de gel. *Mauricinho.*

— Oi — respondi, sem parar de cavar. Ele ficou em silêncio observando o que eu fazia, e depois perguntou, baixinho:

— Tá brava comigo?

— Não.

Peguei o Fofão, que sorria para as maritacas camufladas em meio ao verde--folha da copa da árvore, e, com a tesoura de jardinagem de vovó, cortei as costuras da cabeça dele.

— Então por que nunca mais me chamou pra ver filme?

— Porque eu não quis, ué. — Debaixo da cabeça do boneco havia um losango maciço de plástico. O tal punhal que Lipe e Cadu insistiam que usaria para me assassinar durante o sono. Revirei os olhos enquanto o utilizava para aprofundar a vala onde sepultaria o brinquedo. — Tava ocupada.

— Eu tive que ficar com o Cadu. Ele colocou brinco, tá se achando. Só fala disso e do Playstation que ganhou do pai dele. Não aguento mais. Você sabe como ele é cuzão. Nem pra jogar ele chama. Acha que eu vou quebrar.

— Vocês são dois cuzões. Combinam.

Lipe se sentou ao meu lado, os olhos piscando frenéticos, e estalou as juntas dos dedos das mãos.

— Minha avó diz que fazer isso deixa o dedo grosso que nem de gorila — avisei, sabendo que ele pararia com o cacoete se eu o criticasse. Lipe prensou as mãos sob as axilas.

Finda a cova, com cerca de quinze centímetros de profundidade, deixei a pá de lado e enfiei a cabeça do Fofão no buraco. Com o corpo envolvido por raízes e os cabelos ruivos espalhados sobre a terra, parecia um tipo especial de samambaia. Fingi que o estava ajeitando e aproveitei para acariciar uma mecha de lã com os dedos. *Descanse em paz.*

— Por que você tá fazendo isso com ele? Tadinho — Lipe indagou, enquanto eu pegava punhados de terra e cobria os restos do meu brinquedo favorito.

— Tadinho nada. Ele é feio — respondi, usando a pá para alisar a terra.

— E o que é que tem? Tira ele daí.

— Ninguém gosta dele.

— Como não? Um monte de gente gosta dele — Lipe fez um gesto brusco, como se estivesse disposto a puxar a pá da minha mão. Empurrei o ombro dele para trás e gritei:

— O que você *quer*, moleque? Ou para de encher meu saco ou vaza!

Ele ficou em silêncio por uns minutos, mordiscando o canto da boca enquanto eu enfeitava o montinho de terra com galhos, folhas e penas.

— É que parece que a gente não conversa mais. Faz um tempão que eu não te vejo — murmurou, de olhos baixos, a mão espalmada esfregando o joelho. Disfarcei a vergonha olhando na direção do brejo.

— Já falei, tô muito ocupada. Minha avó tá me ensinando a ser igual a ela — menti.

— Igual como? Velha?

— Médium, idiota.

— Ah, é? Eu não sabia que era uma coisa que dava pra aprender.

— Dá sim. Mas só se já tiver o poder dentro de você — continuei, levada pelo prazer de poder desabafar sobre minha fantasia. — Ela disse que nasci pronta, que tá no meu sangue, que sou a médium mais poderosa que já conheceu.

— Caramba! — Pela expressão, pude perceber que Lipe não sabia se eu estava dizendo a verdade ou só criando uma de nossas histórias. Não me importei. Não queria parar de falar.

— Eu tenho visões e escuto os mortos. Prevejo o futuro, tenho sonhos esquisitos e os espíritos falam pela minha boca. Até quando tô dormindo. Pode acontecer agorinha mesmo, aliás — eu disse, encarando seus olhos incrédulos. Ele não acreditava em uma palavra. Mesmo assim, seguiu com o baile, como sempre fazia.

— Entendi. E você não tem medo?

— Nem um pouco. Não tenho medo de nada.

Me levantei, limpando as mãos nos fundos do vestido velho de vovó. Lipe me acompanhou, olhando para os pés, e, em seguida, tirou uma bolinha de gude do bolso e a depositou sobre o túmulo do Fofão.

— Quer namorar comigo?

A pergunta veio afobada, num trinado confuso que só entendi porque conhecia sua dicção perfeitamente. Esticou uma das mãos para mim. Sobre a palma suada havia um chiclete de hortelã e um anel azul de plástico colorido em formato de cristal. Roubado — ou comprado, não fazia diferença — da venda da Viúva. Peguei o anel com o indicador e o polegar da mão esquerda, analisando o glitter infiltrado na resina, as arestas afiadas que sobraram do molde de plástico, o formato octogonal no centro do arco. Então, inclinando o corpo para trás, arremessei o objeto com toda a força que consegui reunir.

O anel atravessou o mato castigado pela seca e encerrou sua parábola dentro do brejo.

— Não.

Os olhos castanhos de Lipe submergiram em água. Aceitei o chiclete que ainda segurava. Desembrulhando o papel molhado de suor, o enfiei na boca. No braço, colei a tatuagem, uma rosa em tribal, passando um pouco de saliva para ajudar no decalque.

Lipe virou as costas e correu. Segui-o com as pupilas dilatadas, hiperventilando mais que Cindy, que, invocada pela presença dele, agora lhe acompanhava a corrida furiosa ao longo dos trilhos, abanando o rabo fino e falhado. O assobio, companheiro do lado de lá, badalou em meus ouvidos, anunciando sua presença e reverberando uma ameaça, que ignorei; pois meu estômago, constelado de vespas, sorvia o sabor mentolado da fome. Masquei vigorosamente, enquanto sentia uma infestação, teimosa e dolorida, preencher dentro de mim os espaços que a escuridão ainda não havia conclamado. Perfumava minhas artérias de hortelã, espalhava tazos e bolas de gude e linhas de pipa pelos nervos, pintava de castanho-claro — no tom exato das sardas de Lipe — os capilares por onde o sangue palpitava.

Indócil e frondoso, em dente e fôlego e lágrima, o amor cobriu as paredes do meu peito de uma cerca viva de camélias, que tinha vida própria, e era tão asselvajada quanto a pirâmide que tantas vezes eu vira se erguer dentro da bermuda do meu amigo.

PARTE IV

FLOR VERMELHA

1

De um pulo chegou novembro, e, com ele, as pancadas de chuva e a estação das frutas silvestres, e embora fosse impossível encontrar uma acerola, amora ou pitanga que não tivesse sido bicada pelos sanhaços e sabiás, nós as comíamos aos punhados mesmo assim. Era Dia de Finados, evento esperado com ansiedade pelo bairro. Nessa data, vovó passava o dia todo no casarão dos Morano, onde ministrava uma cerimônia especial, aceitava oferendas, distribuía benzeduras, realizava cirurgias de cura e incorporava entes queridos ou entidades mensageiras.

Eu a havia visto brevemente no café da manhã, trajando as costumeiras vestes ritualísticas e enchendo uma sacola de feira com ervas medicinais, santinhos e velas. Me aproximei para cheirar os ramos de alecrim, sálvia e artemísia, que desprendiam o frescor das plantas agonizantes, e encostei a cabeça em seu braço. Ela fez menção de se afastar, mas, em vez disso, acariciou meus cabelos com os nós dos dedos.

— Vó, deixa eu ir com você? — perguntei, rompendo o nosso pacto de silêncio. Vovó suspirou. Só abrira uma fresta da porta, e eu havia metido um pé e uma mão lá dentro, forçando-a a ceder, quiçá perder as dobradiças.

— Não, Beatriz. Vou ficar o dia todo fora e alguém precisa olhar o seu avô — respondeu, buscando mais velas debaixo da pia.

— Mas e se um espírito quiser me passar um recado?

— Num vai querer.

— Mas e se eu quiser homenagear alguém?

— Quem? A sua mãe? — Não pude sustentar seu olhar. Voltei a sentar diante da caneca de café com leite e tampei o rosto com as mãos. Maleável feito rocha, vovó passou a sacola pelo ombro e atravessou a sala de jantar. — Eu volto amanhã cedo. Tem sopa na geladeira.

Saiu sem olhar para trás, de branco da cabeça aos pés, os band-aids cobrindo a pele fina dos braços, o permanente emoldurando a cabeça em formato de coroa.

Na noite anterior, eu havia sonhado com Mayara. Ela abria a porta do quarto com suavidade, um sorriso amplo e simétrico no rosto bonito de mulher adulta, nada parecido com o da menina que eu vira no caixão, e mostrava algo que escondera no bolso. Eu me levantava da cama sem medo e me aproximava aos saltos, muito menor que ela, uma criança pequena. Sobre o côncavo da mão enrugada de Mayara, fervilhando de formigas, um órgão luzidio irradiava o vermelho das velas. Sabia que era um pedaço de pulmão. Todo crivado, uma colmeia de assobios, abrigava meu rosto em cada um deles. Estava diferente, sobreposto em camadas, refratado mil vezes; os olhos pareciam caídos nas bochechas, a boca torta para baixo.

— *Essa sou eu* — Mayara disse feliz, com sua voz cava de homem idoso. — *Agora eu sou B-I-A.*

E, segurando minhas mãos nas suas, botou a língua preta para fora e lambeu meus dedos, passando a língua entre as falanges e vincos de pele, metendo-a debaixo das minhas unhas até a ponta dura espetar a carne feito palito de dente.

2

Lipe passara três dias sumido, afogando as mágoas em geladinhos e tubaínas, até reaparecer na saída da escola, encostado no pinheiro onde costumávamos nos encontrar. Não fedia a desodorante barato, mas sim à sua fragrância costumeira — tutti-frutti com provolone. Precisei conter o desejo de abraçá-lo.

Descemos o morro em silêncio, sincronizando nossos passos. Vi que observava de esguelha a tatuagem — intacta rosa rubra — que eu levava no antebraço. Era a confirmação de que precisava. No dia seguinte, apareceu com a mesma flor impressa na pele:

— Tive que abrir a caixa inteira pra achar a minha — justificou-se, dando de ombros. Trazia os chicletes. Mascamos dezenas deles de uma só vez até sentirmos dor na musculatura do maxilar.

Já fazia uma semana, e as tatuagens ainda não haviam desbotado.

Lipe e eu passamos a maior parte do feriado jogando tazos. Fazia calor, os vizinhos lavavam as calçadas com mangueiras, e uma dorzinha de barriga chata pulsava no meu ventre. O assobio voltara, e às vezes parecia invocar meu nome. Distraída, perdi inúmeros tazos para Lipe, embora soubesse que me devolveria um por um, nem que fosse na porrada.

— Alá, Bibi. Tá chegando a nossa modelete. Vem cá, Cindy!

Lipe riu, levantando-se da calçada e batendo as mãos espalmadas nas pernas enquanto eu erguia a cabeça, esquecendo-me por um momento do único tazo especial da minha coleção; um heptágono holográfico que exigiu que eu comesse quinze pacotes de Cheetos bolinha para conseguir.

Cindy dobrou devagar a esquina com suas ancas desnutridas, um rebolar torto de caranguejo manco, sequela de cinomose, as orelhas fazendo as vezes de antenas, num vaivém frenético. Ao notar nós dois parados na calçada, a cadela disparou; corria de lado, o corpo retorcido, a língua espumosa pendurada e pronta para lamber nossos rostos melados de geladinho sabor Tang laranja.

Havia aparecido cerca de um ano antes, saltitando sobre os trilhos do trem além do brejo, as patas finas equilibrando um torso que revelava todas as costelas, quase um xilofone canino. Ao vê-la de longe, enlameado até os joelhos, Lipe saiu da água e cutucou Cadu e eu, distraídos com os girinos que nadavam ao redor de nossos pés.

— Olha só a cachorrinha desfilando, gente. Ela é artista, ela é top model internacional, ela é a *Cindy Cãoford*!

E sem pressa veio ela, *pléc-pléc*, com as unhas foscas bicolores batendo no lastro entre os trilhos. Olhos âmbar, pelo curto e negro como o anu, o rabo mais alto que o de um escorpião. Cindy Cãoford no auge da adolescência, aquela fase em que todos os cães se parecem com galgos ingleses, de nariz comprido e fino e corpo delgado, quase como os adolescentes humanos — uma mistura melancólica e cômica de criança bonita e adulto mal-ajambrado.

Era só abrir o portão de casa e dar três passos para que Cindy aparecesse e, correndo de lá para cá, fizesse questão de participar do pega-pega, do bobinho, das guerras de bexigas d'água. Apesar de sua deformidade, perseguia motos e bicicletas, afugentava marias-fedidas e marimbondos, latia para os meninos da outra rua. Sofria de fome crônica; mastigava e vomitava grandes pedaços não digeridos de capim, a língua sempre a postos como uma corda viva e senciente, borbulhando de saliva que cheirava a azedo da fome e doçura da juventude.

Cindy era receptiva a qualquer um que não mirasse nela um chute; mas seu coração pertencia a Lipe. E o dele a ela. Era Lipe que enchia de arroz velho, pão duro e restos de ossos uma vasilha de margarina, colocando-a todos os dias diante da casa abandonada da estação ferroviária. Foi dele a ideia de montar ali uma enorme caixa de papelão com cobertores rasgados para proteger Cindy do frio; e era ele quem decidia se era dia de lavar, com sabão de coco, o fedor de carniça que, vez ou outra, emanava do corpo da cadela.

— Dá beijo no papai — chamou, fazendo beicinho.

Revirei os olhos e me levantei, esfregando os fundilhos dos shorts sujos de terra, enquanto Lipe abraçava o corpo saltitante da cadela e se afogava em baba espessa. Quando me cansei do espetáculo de afeto, olhei ao redor e percebi que meu tazo especial tinha sumido.

— Devolve meu tazo, Felipe *fiadaputa*! — gritei, empurrando-o com as duas mãos. Cindy deu um latido alegre e pulou em mim, doida para participar do combate.

— Que tazo? Não vi tazo nenhum — respondeu, com um sorriso torto.

— Dá logo, seu tchongo.

Meti as duas mãos nos bolsos laterais da bermuda dele e atirei longe tudo o que encontrei — carteira de velcro dos Cavaleiros do Zodíaco, bolas de gude, figurinhas da Copa 98. Quando não encontrei o que queria, fechei a mão e o soquei três vezes na barriga. Lipe revidou, dando uma cotovelada no meu peito, que explodiu em fagulhas quentes de dor, e quando caí de costas sobre os paralelepípedos, ele jogou na minha direção o disco holográfico que estava escondido no bolso de trás.

— Tó essa merda. Enfia no cu — afastou-se, ajeitando o cabelo com as mãos, os dentes à mostra em uma careta de repulsa. — Precisava disso? Eu só tava zoando! Eu ia te devolver depois.

— Ô, se ia! Igual devolveu meu GameBoy. — Tentei me levantar, mas Cindy lambia furiosamente meu rosto, a pata apoiada na minha clavícula.

— *Seu* GameBoy? Há! Que paia. O GameBoy que você roubou do Cadu!

— Dá na mesma. Ele é rico, compra outro — eu disse, me sentando e massageando o peito e o ventre, que palpitavam no mesmo ritmo. — Você me machucou.

— *Você* me machucou! — De cara fechada, Lipe me ajudou a levantar, depois saiu à procura de suas bolas de gude perdidas. Escutei o assobio vindo de trás da pitangueira. Cindy ergueu as orelhas, virou a cabeça de lado e emitiu um latido agudo.

Me abaixei para fazer carinho nas orelhas encaroçadas da cadela. Vovó sempre havia dito que os animais eram médiuns naturais, que nasciam com as portas escancaradas e transitavam de um espaço para outro, sem passar pela guarita. Também acreditava que funcionavam como marionetes do outro mundo.

— Você tá ouvindo, menina? — sussurrei, estreitando os olhos para ajustar a vista, o assobio girando no centro da rua, subindo o muro, sobrevoando nossas cabeças. — Ela quer falar comigo, não quer?

Com as orelhas atiçadas e o pelo das costas eriçado, Cindy olhava para um ponto alto, quase no beiral do telhado da casa de vovó. Formada pela umidade da calha, uma mancha de mofo imitava a silhueta de um homem de chapéu com olhos vazados. Eu nunca a havia notado antes. Se chamasse alguém, podia até passar na TV, e o povo faria peregrinação para ver o coisa-ruim, como acontecia com a imagem da santa na janela de Ferraz.

— *Nunca... mais...* joga minha fubeca na rua desse jeito... Eu vou ficar catando essa bosta até amanhã — Lipe resmungou, distraindo Cindy, que se voltou para ele com um latido ardido.

— O problema é seu — respondi, virando de costas enquanto Lipe xingava em voz baixa e se metia debaixo do Uno Mille vermelho de seu Nelson, dono da barbearia. O sol já estava abaixando, era quase tardinha. — Lipe?

— O que você quer, sua morfética? — Ele ajustava as alças da mochila nas costas, aprontando-se para ir embora. Estava sempre de partida, enquanto eu permanecia estática, pedra vulcânica, enraizada no mesmo espaço de ausência para a eternidade.

— Hoje tem cerimonial de Finados, você sabe.

— E eu com isso? — retrucou, afagando Cindy e tentando disfarçar o interesse. A cadela deu uma lambida breve na mão dele e se abaixou para farejar as embalagens vazias de geladinho abandonadas no meio-fio.

— Eu vou ficar sozinha com o meu avô. Você não quer ficar lá em casa comigo? A gente pode ver *O exorcista* de novo. Tô com a fita lá.

— Hum, pode ser. Chamo o Cadu?

— Não. Só eu e você. Quero tentar um negócio e preciso da sua ajuda.

Lipe disfarçou o rubor se virando para acompanhar os passos incertos de Cindy na direção da ferrovia. Fez um tchauzinho com a mão.

— Mais tarde eu volto pra te dar comida, Cindy, prometo.

3

Empenhado em se mostrar homem, Lipe fazia questão de ajudar nos cuidados com meu avô. Notava meu rosto contraído, os tremores que eu acreditava imperceptíveis, o nojo que contraía meus poros. Quando conseguia virar o corpo dele sozinho na cama, mostrando-se inabalável diante das manchas de merda e sangue, sentia-se forte e heroico como um caçador carregando no lombo um animal inteiro. Vendo-o de peito inchado feito galo de briga, as sobrancelhas erguidas em superioridade, eu o provocava, insistindo para que tocasse as úlceras no pé do velho.

— Duvido que você enfie o dedo bem aqui no buraquinho — desafiava, removendo o curativo que cobria a ferida para evitar a entrada de moscas e exibindo os pés escuros, quase tomados de gangrena, cujo odor lembrava o de uma manga podre. — Enfia você.

— Sabia que você não tinha coragem. Eu tenho, ó — continuava, aproximando o indicador da ferida até quase tocá-la, quase sentindo o bafo da infecção na extremidade do dedo, sem tirar os olhos de Lipe.

— Não tenho coragem? Então olha — Lipe retrucava, cedendo à provocação e aproximando-se devagar, com a mão esticada e trêmula. Sentia o olhar flamejante do meu avô sobre ele quase como algo físico, uma presença que se encarapitava em suas costas com o peso de um abutre. Paralisado em sua invalidez, resignava-se a ter o ferimento inflamado exposto e violado pelo dedo do menino. Gritava somente com os olhos. — Parece Amoeba!

Rindo alto e imitando ruídos de vômito, cobríamos meu avô de qualquer jeito com o cobertor sujo, às vezes tapando o rosto dele com um lenço de bolso: *É melhor proteger os olhinhos de goiabada do sol, Bibi*. Em outras ocasiões, lhe deixávamos sobre a careca um chapéu de soldado de dobradura e, encaixada em uma das mãos, uma espada feita de jornal.

— Eu preciso dar comida pra ele — revirei os olhos, saindo do quarto enquanto Lipe testava a capacidade de voo de aviões de papel. — Fica aqui que eu já volto.

Entrei na cozinha para buscar a panela de sopa na geladeira e encontrei o assobio me esperando logo atrás da porta. Insistente, com seu canto cortante de sabiá-assobiador, soprava uma série de exigências que eu já era capaz de decodificar àquela altura. Queria algo de mim e eu deveria lhe entregar o que precisava naquele Dia dos Mortos — passado o feriado, partiria, levando consigo os segredos que, de boca costurada, prometia contar.

Voltei com um prato fundo cheio de sopa de mandioquinha. Lipe tentava equilibrar um barquinho na testa de meu avô.

— Credo, que demora, Bibi — reclamou, mordendo a língua e atirando um aviãozinho na minha direção. Evitei o projétil dando um passo para o lado e ofereci o prato. Lipe o pegou com as duas mãos.

— Segura que eu vou dando a sopa na boca dele — pedi, enchendo a primeira colher e a enfiando na boca frouxa do velho. Ele tossiu debilmente e deixou a maior parte do caldo amarelo escorrer para fora. — Ai, seu porco! — Enchi uma segunda colher e, forçando-a até a ponta de aço bater contra a gengiva pálida, entornei todo o conteúdo na língua dele.

Lipe apontou para os olhos do velho que, apertados até se fundirem, denotavam algum desconforto.

— Ele não gostou. A sopa tá fria.

— Não pode esquentar, ele queima a boca.

Mergulhando o utensílio no caldo grosso, servi mais duas colheres, que meu avô cuspiu, entre tossidas. Voltara a abrir os olhos, e agora olhava de mim para Lipe, babando saliva amarelada. Lipe deu uma fungada no prato.

— Que cheiro ruim...

— Minha avó mistura umas vitaminas aí dentro.

— Coitado. Não pode nem comer uma comidinha gostosa. — Lipe se apiedou, usando o lençol para limpar o líquido amarelo que empoçava as clavículas do velho. — Que vida triste. Eu não quero ficar assim.

— Não vai. Nem todo mundo tem vocação pra ser múmia. — Forcei-lhe mais algumas colheres de sopa garganta abaixo, desistindo de esvaziar o prato, pois o velho não parava de tossir. — Prontinho. Agora deixa ele aí e vamos pro meu quarto.

Corremos para o quintal, parando na jabuticabeira para encher os bolsos, e depois entramos no quarto dos fundos, sem fechar a porta atrás de nós. O assobio nos seguiu, abafando a tosse de meu avô.

Já tínhamos visto *O exorcista* ao menos duas vezes. Vovó acreditava que trazia más energias, que era um convite para a maldade se apossar do ambiente, por isso, sempre que assistíamos, Lipe e eu nos protegíamos entrando debaixo das cobertas. Nossos corpos dividiam a cama de solteiro como um jazigo, pés pretos de asfalto enroscados em um nó úmido, envelopados em um suarento casulo de tecido estampado.

— O que ele falou?

— Não sei, passou muito rápido.

— Vamos adiantar praquela parte que a menina mija no chão? É quando começa a ficar legal.

Os dentes de Lipe estavam manchados de azul por causa do pirulito. A boca melada, tão perto, com cheiro artificial de framboesa, dava mais medo que o filme. Percebi que não conseguiria assistir. Querendo ou não, usara-o de subterfúgio para reunir coragem e pedir a Lipe que me acompanhasse em nosso próprio ritual de Finados.

Parte retirado dos cadernos de meu avô, parte autocriação — a raiz das mais poderosas mandingas —, criei um pacto além-túmulo que permitiria não só consolidar o nosso laço como expandir as portas de nossas percepções, permitindo que nos tornássemos mensagem e mensageiro ao mesmo tempo. O edredom foi se soltando, pairando como nuvem baixa de verão sobre nossos corpos, e meu pensamento se desviou do ritual, fazendo-me recordar uma reportagem que vira

109

na TV. Nela, uma adolescente se deitava em uma cama de solteiro, cobria-se com um cobertor quadriculado e apoiava as duas mãos atrás da cabeça. Imediatamente, a superfície do tecido se enchia de vincos, colinas e depressões; o cobertor subia e descia como se debaixo dele houvesse pelo menos mais quatro pernas, todas chutando e se debatendo ao mesmo tempo, bebês trigêmeos no ventre da mãe.

O repórter narrava a situação com assombro contido:

— *Olha como está mexendo...! Parece que tem mais gente ali debaixo, mas é só ela. É só ela, hein? Nós vimos o momento em que a moça se cobriu e vamos provar para vocês que ela está sozinha. Atenção, telespectadores... Deem uma olhada!*

E, ao levantar o cobertor e revelar que ninguém estava escondido ali debaixo, a equipe se desmanchava em gritos de admiração, e as pernas nuas da moça pareciam obscenas, brancas demais, em sua solidão de gente viva. Em seguida, a câmera aproximava a lente do rosto juvenil, coberto de manchas de acne, e registrava um sorriso.

O repórter perguntava, inclinando o microfone na direção da moça:

— *Não dói?*

— *Não. Faz cócegas.*

4

O assobio, estridente e constante como zumbidos de moscas acasalando, avisou-me que a noite já se acercava com suas paragens. Chegara o momento. Meu baixo ventre se contorceu. Queria ir ao banheiro.

— Esse filme é idiota, não dá medo nenhum — disse, dissimulada, enquanto Lipe roía as cutículas do polegar direito.

— Ué, idiota por quê? Eu gosto. É muito daora.

— Gosta porque não sabe de nada — debochei, levantando e indo até o videocassete, pausando o filme na cena em que a protagonista tinha a cabeça repleta de eletrodos, órbitas maquiadas de olheiras escuras. — A vida real é muito mais assustadora, e eu posso te provar se você quiser.

— Ai, lá vem você com suas paia... — Lipe escondeu a cabeça debaixo do cobertor. — Vamos só ver o filme, vai.

— Minha avó falou que você é médium, sabia? — continuei, estreitando os olhos e analisando-o, afetadamente, dos pés à cabeça. Lipe abaixou o cobertor e ergueu as sobrancelhas. — Quer saber se é verdade?

— Eu? Médium? *Ela* disse isso?

— Disse. Falou que você tem um jeitinho ressabiado.

— E o que isso tem a ver? Eu sou tímido. Só isso.

— Mas e se você for médium também? Aí a gente pode aprender a falar com os espíritos. Nós dois. Até trabalhar com a minha avó na Comunidade do Divino Espírito da Flor Vermelha... Ela podia ensinar a gente a curar as pessoas! Já pensou? Ia ser superlegal. E a gente ia ficar junto o tempo todo. Não ia sentir medo de nada.

— Hum... Sei lá. Não sei. Só sei que não sou médium. — Lipe se sentou na cama, vestiu de volta as meias encardidas e calçou os tênis esfarrapados de Cadu. Estava pronto para picar a mula, como sempre. — E nem quero ser.

— Talvez você seja! — exclamei, sentando na cama ao lado dele. — Tem um jeito de a gente descobrir.

Lipe não respondeu, amarrando os cadarços. Dobrava o cordão fazendo uma orelhinha, depois outra, como as crianças pequenas.

— A gente tem que abrir a sua porta.

— Minha porta? — repetiu, franzindo o cenho.

— É. A porta da sua cabeça.

— Como assim?

— Hoje é Dia dos Mortos. Minha avó diz que, nesse dia, as portas tão todas abertas. Daí pensei: e se a gente fizesse um jogo, como a menina de *O exorcista*? Um jogo de falar com os espíritos? Não essas besteiras de tabuleiro, compasso, copo... Um jogo *de verdade*. Como o que o meu avô fazia pra ajudar a minha avó no começo. Ele anotou tudo nos cadernos dele, e eu copiei algumas coisas no meu diário. É um ritual, mas só dá pra fazer em dupla. E eu já tô com tudo pronto. Falta só uma coisa.

— Falta o quê? — Lipe suspirou. Parecia muito cansado.

— Um pouco de sangue. Só um pouco. Uma gotinha de nada.

Lá fora, o cavaleiro vermelho dos contos de fadas passava a galope, pintando o céu de tons purpúreos, abrindo alas para o corcel da noite. Lipe me encarou em silêncio por alguns segundos, os braços cruzados na frente do peito. Então disse, balançando a cabeça:

— Parece uma ideia de merda.

— *Felipe...*

— Você já viu algum filme de terror na vida, Bibi? Já viu? Porque não parece. É sempre assim que começa... com alguém sendo burro — disse, ajeitando as alças da mochila sobre os ombros.

— Posso terminar de falar?

— Se a minha tia soubesse que eu tô *pensando* em fazer uma coisa dessas ela me descia o cacete, e eu *nunca... mais...*

— Ela não vai descobrir. Ela foi embora e te largou aqui. Ela não liga pra você. Ninguém liga. Só eu. — Minhas palavras o ferroaram, abrindo cicatrizes e depositando ovos na carne dolorida. Lipe demorou para estancar a hemorragia.

— Não, Bibi. Eu não quero — disse, pondo-se de pé, os tiques nublando a vista. — Já que você não tá a fim de ver o filme, eu vou lá cuidar da Cindy. Ela ainda não comeu hoje. Se quiser, pode vir junto.

— Espera! — gritei e me ergui de um pulo. — Se você for médium mesmo, Lipe, minha avó vai querer que você fique aqui. Vai deixar você morar com a gente. E aí vai te ensinar todas as coisas que aprendeu na vida... e você vai poder me ensinar também.

Segurei o braço dele quando fez menção de passar por mim para chegar à porta. Lipe retesou os músculos sob o meu aperto, mas não se moveu. Acariciei a rosa tatuada com o polegar. Quanto mais a esfregava, mais nítida e vibrante ela se tornava. Enxerguei meu rosto refletido nos olhos dele. E disse:

— Se você jogar comigo, prometo que te dou uma coisa.

Em algum lugar, dentro de mim ou fora da casa, alguém soltou uma garga-lhada alta. Lipe suspirou e olhou para o quintal, através da porta aberta do quarto, assistindo à roseira exibir suas flores sob o crepúsculo.

— Lá vou eu me lascar — resmungou. — O quê?

— Um beijo — sussurrei, enquanto uma imagem intrusiva se formava aos poucos em minha mente. Eu a vira nos sonhos. Um homem desenterrava uma mulher de debaixo de escombros. O corpo cortado pela metade estava branco de cal. Tinha os olhos entreabertos, as mãos frouxas, os lábios azuis como os de Lipe. Beijando a esposa morta, o homem chorava.

— De língua? — Ele deu um passo em minha direção. Recuei. De perto, suas feições pareciam desfiguradas. — Tá bom. Sem língua, então. — Ele sorriu e respirou fundo, as piscadas se acelerando ao esticar a mão para pegar a minha. Deixei que entrelaçasse os dedos pegajosos nos meus, como gavinhas de plantas volúveis, e me concentrei em seus olhos. O assobio apitou sua urgência. *Chega.* — Pode ser agora?

— Não — me afastei, encostando-me na parede e cruzando os braços. Sentia a garganta seca, corroída de pó. — Se eu te der agora você não vai querer jogar.

— Claro que vou. Você não confia em mim?

— Só beijo depois que a gente jogar — respondi, constrangida, já meio ar-rependida da promessa.

— Tá bom. Justo.

Lipe se sentou de volta na cama, jogando a mochila no chão. Olhou para o filme pausado na TV e arrancou uma lasca de unha com os dentes, o rosto espe-lhando preocupação e paúra. Um momento depois, virou-se para mim com novo semblante, uma máscara de amor composta de olhos açucarados e bochechas rosadas. Com um sorriso torto, perguntou:

— A gente vai começar agora?

— Vai. Pega o pote de minhocas debaixo da minha cama que eu vou lá fora cortar treze rosas vermelhas.

— E aí a gente vai abrir a porta da minha cabeça?

— Isso.

— E depois?

— E depois a gente nunca mais vai ficar sozinho. Eu prometo.

5

Já era noite fechada quando nos sentamos um de frente para o outro no piso frio ao lado da cama desfeita, uma vela de sete dias sobre a cômoda, outra na frente de um pote vazio de sorvete transbordando de minhocas. No escuro iluminado pelo fogo, os corpos cilíndricos lambuzados de terra úmida brilhavam em uma dança bioluminescente. Eu as havia capturado naquela mesma manhã, manipulando a forquilha de vovó na horta adubada e inundando os sulcos com ajuda de um regador até que, cegas e surdas, espiassem para fora com sentido de boca-pele, desconhecedoras do próprio destino.

— As minhocas têm nove corações. E vivem debaixo da terra, feito os mortos. São os únicos bichos que aguentam participar desse tipo de ritual — expliquei, enchendo de água um refratário fundo de vidro transparente e jogando dentro dele um rosário de plástico e um ramo de arruda. Recitava o que tinha copiado dos cadernos de meu avô com ar de professora, e Lipe ouvia, compenetrado. Sempre havia sido um ótimo aluno.

— A água ajuda na comunicação. O rosário e a arruda são para nos proteger dos maus espíritos. E isso aqui — mostrei uma garrafa cheia de um líquido amarelo-claro — é chá de trombeta-de-anjo, para abrir o nosso terceiro olho.

— Trombeta-de-anjo não é aquela árvore que dona Maria mandou cortar porque o cachorro comeu e morreu? — Lipe perguntou, abrindo a garrafa e dando uma cheirada no conteúdo.

— Essa mesma. Tem uma amarela aqui no quintal. Depois eu te mostro — respondi, manipulando as rosas delicadamente pelo receptáculo.

— Que bom saber disso...

— A gente não vai morrer, meu avô marcou a quantidade certa no caderno. Tem que ferver por três horas. Ficou a manhã inteirinha no fogo.

— Bom, se eu morrer, juro que te assombro pelo resto da vida. — Lipe botou a garrafa no lugar e arrancou a pétala de uma das rosas. — E o sangue? Serve pra quê?

— É símbolo do nosso sacrifício e compromisso.

Consultando as anotações do meu diário, arranjei doze rosas em círculo ao redor do refratário e segurei a décima terceira flor com as pontas dos dedos, tomando cuidado para não me espetar antes da hora:

— Quer que eu te fure? — ofereci, esticando a mão na direção de Lipe, que, sob a luz das velas, parecia ainda mais anêmico que de costume. — É só uma picadinha.

Ele estendeu a mão com o maxilar contraído, virando a cabeça para não olhar. Entreguei-lhe a rosa. Lipe a segurou, aspirando o perfume de olhos fechados. Envolvi a mão dele com as minhas e a apertei. Os espinhos afiados penetraram na carne macia dos dedos, fazendo brotar gotas mornas e gordas de sangue, que, na água, desmancharam-se como o redemoinho no girar de uma saia carmim. Ele sufocou o grito mordendo o meu ombro. Dedilhada pelo vento, a roseira parecia cantar, aprovando a violência mansa de suas filhas. Lipe soltou a flor e lambeu as palmas das mãos feito um cão ferido.

Chegara minha vez. Mal tinha ajeitado meus dedos sobre o caule e seus acúleos quando Lipe se inclinou na direção do refratário, joelhos apoiados no ladrilho, e, puxando-me para frente, pressionou minha mão com um solavanco de corpo inteiro. A dor aguda me fez gritar. Ele riu enquanto uma série de pingos se espalhou pela superfície da água, pétalas de flor desabrochada.

— Doeu?

Enquanto vovó e o restante do bairro terminavam a missa e se reuniam para iniciar a cerimônia de cura do Dia dos Mortos, os santos espalhados pela casa eram testemunha muda do meu ato de desobediência. Ainda que nenhum deles estivesse ali dentro, no antigo reino de Ângela, as imagens espalhadas pela propriedade em poleiros e altares sabiam de tudo que acontecia ali. Além da máxima ameaçadora disfarçada de proteção, *Deus tá vendo*, todo aquele séquito divino de capangas santificados montava guarda para julgar nossos pecados: as Nossas Senhoras e Nossas Senhoras Aparecidas e Nossas Senhoras de Fátima que cobriam a mesa de cabeceira de vovó; o Jesus Cristo pendurado sobre a cama de casal, o que ficava em cima da porta da sala, o esculpido no relógio do aparador, o do ímã da geladeira e o do presépio que, fosse Natal ou não, estava sempre montado no jardim; o são José carregando o menino Jesus no colo; o são Jorge matando o dragão; o são Sebastião cravejado de flechas com sangue vertendo das feridas; a fileira de homens canonizados passando a eternidade no rack da sala junto de árvores feitas de arame, miniconjuntos de chá e todo tipo de bugiganga inútil importada da China.

Entre quatro paredes, somadas e unificadas, as imagens dos santos ostentavam dezenas de olhos; uma família sacra de aranhas que parecia nos vigiar com a mesma severidade penosa de meu avô.

— E agora? — perguntou Lipe, atirando a rosa-punhal dentro do recipiente cheio de água turva. O cheiro de framboesa havia desaparecido do quarto e dera lugar a um odor rançoso, uma mistura de suor, carne crua, flores murchas e terra molhada.

— A gente bebe alguns goles do chá — respondi, virando a garrafa na boca e bebendo direto do gargalo. Lipe me imitou sem fazer cara feia. Vi seu pomo de adão subir e descer várias vezes.

— E as minhocas? — indagou, impaciente. Não olhava para elas, mas sim para a minha boca.

— São a parte mais importante. — Com cuidado, enfiei a mão no pote de sorvete e pesquei uma minhoca entre os dedos. Minha mão ainda sangrava. — Se fizermos tudo certo, na hora que eu colocar essa minhoca na água, ela não vai afundar.

— Não tem como. A gente já pescou com minhoca no brejo. Ela afunda — Lipe contestou, erguendo uma sobrancelha.

— Essa vai flutuar. Aposta quanto?

De leve, como quando brincava de pega-varetas e me empenhava em segurar o palito pelas extremidades, estiquei o corpo do bicho entre as mãos e, aos poucos, depositei-o sobre a água do refratário. Ele se contorceu na superfície, formando ondas circulares, fonemas de S, silêncio e sibilância. Lipe abriu a boca, mas, em vez de falar, pegou outra minhoca no pote e a colocou, com menos delicadeza, dentro do recipiente. Como se fosse feito de cortiça, o animal afundou alguns centímetros e depois emergiu veloz, espalhando respingos para fora da vasilha. Às gargalhadas, viramos o pote de sorvete de uma só vez, transformando a água parada em uma ressaca de anelídeos. Os corpos molengas se contorciam, se arqueavam, se entrelaçavam, agonizavam em superpopulação frenética e apavorada.

— E agora? — ainda que demonstrasse certo temor, a voz de Lipe vibrava de entusiasmo.

— A gente assiste.

— O quê?

— O que elas quiserem mostrar, ué.

Com o refratário entre nós servindo de oráculo, tomei as mãos de Lipe nas minhas, e trocamos sorrisos no escuro. Eu já não tinha medo ou dúvida. O desejo que havia pedido tantas vezes a Mayara, a menina-santa, finalmente tinha se realizado. A porta se abrira para nós dois.

— *Toc-toc* — sussurrei, e as minhocas responderam de imediato, unindo-se em uma só bola pegajosa, revoluteando, dançando e se embaraçando em movimentos sincronizados.

Então, separaram-se lentamente, dando nós, enlaçando-se, moldando um objeto geométrico, depois outro, e um terceiro. Em harmonia, empilharam-se, curvaram-se, construíram telhados, janelas e portas, utilizando os corpos ocos e desprovidos de gravidade. Juntas montaram um quebra-cabeça de vermes.

Reconheci a imagem antes que os bichos terminassem de moldar os arcos romanos da fachada: era o casarão dos Morano.

Ouvindo um barulho penetrante de dobradiças, as portas duplas da minha mente se escancararam, e, ainda sentindo o sangue morno de Lipe nas mãos, mergulhei naquela água cheia de minhocas.

6

A água, cálida e amniótica, me desembocou no epicentro do terremoto. Aterrissei lentamente, os pés descalços pinicando no matagal que cobria a maior parte da área que se tornaria o meu bairro. Em meio à mata fechada reconheci o brejo, a ferrovia, o casarão localizado a somente alguns minutos de caminhada. Andando entre as árvores com as cigarras e os chupins entoando sua orquestra esganiçada, busquei Lipe nas sombras dos jatobás, das araucárias, dos jacarandás. Não estava à vista; talvez fizesse a mesma viagem astral sozinho, nós dois invisíveis um para o outro — fantasmas vertebrados bombeando sangue.

Corri até a ferrovia, pisando no lastro fumegante, pedras-brasas antecedendo uma tempestade, mas não me queimei — não existia naquele tempo-espaço. Vi alguém se aproximando, uma mulher que caminhava seguindo os trilhos, o corpo enfumaçado de miragem de mormaço. Ela chegou junto às águas do verão, vestindo pele de moça, curvas de sucuri ensandecida, mãos de odalisca, olhos de ave de rapina, boca de dormideira encarnada. Passou por mim sem me enxergar, com o perfume de madressilva, especiarias e esterco seguindo os pés descalços — como os meus. Acompanhei-a de perto, mas só com a intenção; meu corpo permaneceu no mesmo lugar, enraizado ao local onde seria construída a casa ferroviária.

Observei a moça armar uma tenda próxima ao brejo, entre os aguapés e as salvínias, bem em frente ao casarão dos Morano. Em cima de um pano aveludado e colorido, organizou emplastros, bálsamos, patuás e acessórios que pareciam relíquias, tesouros feitos de osso. Gato-do-mato, porco-selvagem, raposa-caranguejeira, lobo-guará, até um dente de marfim, que eu sabia pertencer aos elefantes lá da África. As mulheres da região transitavam por ali, em uma bonita paleta de cores e raças, trocando risos, comidas e lágrimas pela sorte lida nas mãos, ou com a ajuda de um baralho muito parecido com o que vovó usava para responder às perguntas das clientes nervosas que berravam no portão de casa. E a moça fazia tudo de sorriso no rosto, pulseiras tilintando, dedos brilhantes de anéis, a pele dourada absorvendo o sol em tons de bronze e ouro queimado.

Distraída com os badulaques, joias e quinquilharias, e respirando fumaça de incenso, só percebi que era noite quando a porta do casarão dos Morano se abriu, e, lá de dentro, saíram em manada organizada os homens da cidade. Eu soube — mesmo que o conhecimento não fosse meu — que, junto dos homens comuns, dezenas deles, estava o infame Demétrio Morano acompanhado de outras autoridades, como o padre, o delegado, e o maior fazendeiro da região. Mais do que a visão do grupo obstinado que marchava em linha reta, o que me assustou foi o silêncio da multidão, o fogo que tingia aqueles rostos sorridentes de vermelho.

Em cada poro intocado, no púbis, na úvula da garganta, pressenti o que estava por vir e tentei fechar os olhos, mas não adiantou — continuava enxergando com os olhos de dentro. Os homens cortaram o mato alto e, em boiada raivosa, chegaram até a tenda. Com pau, pedra, urro e riso, derrubaram a barraca, pegando a moça à força, no blecaute da madrugada. Pude sentir seu medo, um abismo oceânico em queda livre, mas foi sua fúria vulcânica que estremeceu cada nervo e pelo do meu corpo.

As mulheres da cidade ouviram tudo. Deitadas sozinhas nas camas de casal, olhos esbugalhados e bocas abertas, escutavam os ecos que subiam a encosta, vibravam nas águas do brejo e se amplificavam pela folhagem em estrondoso desespero. Acompanhando os gritos agudos da moça, ecoavam barulhos de carne se chocando contra carne, de bestas resfolegantes, de faca, pau e caco de vidro cavando buracos na pele macia. A carne aberta em sulcos florescia em murta, alecrim, artemísia, camomila, dama-da-noite, jasmim. E o cheiro das ervas se misturava ao fedor de merda, de mijo, do cuspe branco que sai, ectoplásmico, mistura de vida e morte, do corpo do homem.

Os homens voltaram para casa na alvorada, reluzentes de suor, as camisas molhadas de sangue e sêmen. Alguns caíram de joelhos na grama orvalhada, chorando de boca aberta, igual criança recém-parida. O padre, batina desfeita, atirou-se ao solo e ergueu as mãos para o céu que clareava, pedindo perdão a Deus:

— Meu Pai, o que foi que fizemos?

— Festa na carne de segunda — Demétrio Morano respondeu, com sua voz de donzela, expulsando os homens com seus olhos endemoniados desprovidos de cílios, e batendo atrás de si as portas duplas do casarão no ápice de sua glória.

Quando o último dos homens debandou, notei que meu corpo voltara a me pertencer, e o pus em movimento. Um som alto e bonito de assobio vinha do lugar onde ficava a tenda da moça — canto de pássaro triste que já me era velho conhecido. Andei até lá, pé ante pé, sem saber se tinha escolha ou não. Estava prestes a encontrar meu destino. Escondida atrás de uma macaubeira, espichei o pescoço e descobri a fonte do ruído — a origem da dor.

A moça era uma massa rubra largada no meio do bosque. Não parecia gente, mas um canteiro de flores e plantas daninhas cultivadas em carne crua. A pele peneirada dava lugar a caules e corolas, folhas e pistilos, as mãos enluvadas de sangue e terra fria. Ainda estava viva. O peito rasgado subia e descia, e os pulmões acompanhavam o movimento, debatendo-se debaixo do que havia sobrado da pele, como as asas de uma borboleta vermelha. E batiam tão forte e com tanta vida que estouravam os buracos esgarçados do tórax, emitindo um assobio afinado e canoro, mais lindo que o do sabiá.

Respondendo aos assobios, sentei-me ao lado dela, apoiando sua cabeça no meu colo; tentei amparar o corpo ferido nos braços, mas raízes lhe brotavam do torso, pregando-a no chão. A moça virou para mim os olhos cegos. Mexeu os lábios sem conseguir pronunciar palavra, a boca soltando uma espuma vermelha, flor de hibisco surgindo da fresta entre os dentes da frente. *Me leva com você*. Assenti, muda; minha língua era uma pedra tentando flutuar em um charco. Ela fechou os olhos e o assobio se prolongou por um instante. Suspirava, e o peito escangalhado alçava voo, engendrando a transformação do sangue em seiva — fratura em flor.

Falei com as mãos. Toquei seus cabelos cacheados, catando piolhos, folhas e pedregulhos, acalentando, docemente, o gérmen da vingança. Embalada pelo assobio de seu estertor, permaneci na visão até que as asas da borboleta parassem de bater, e, sob o cadáver esfacelado, brotasse uma colossal flor vermelha.

O PRANTO FLAMEJANTE DOS SANTOS

1

A lâmpada incandescente, abatedouro de mariposas, atraía minha vista embaçada como a promessa de um Deus fulgurante e colérico. Um de nós a havia acendido, buscando falso refúgio. Deitada de lado, ardendo em febre, eu esfregava as mãos no piso escorregadio com movimentos circulares. Vergalhões de lágrimas rebentavam contra o rodapé. E eu me afogava, sorvendo o sal terroso dos meus fluidos.

No centro do cômodo, dezenas de minhocas ressecadas boiavam no refratário transbordando de água negra e diluviana. Via-lhes o rosto. Olhos e boquinhas afrouxados pela preguiça da morte. Se as costurasse na cabeça, usando fios de cabelo como linha, brincaria de Medusa. Aí, sem querer querendo, transformaria Lipe em estátua e construiria uma fonte para que, com o pênis à mostra, urinasse no quintal.

As maritacas responderam à minha risada voando em bando para outras cercanias. Escutei quando pousaram na copa da sibipiruna, cujas raízes fossilizavam a ossada de seus parentes. Então ouvi os sapos-bois cantando no brejo, os grilos e bacuraus cricriassobiando entre as taboas, o suspiro derradeiro de um preá atropelado pelas rodas de um caminhão, o corre-corre das baratas. A toada dos bichos me chegava como num megafone.

Eu havia me tornado uma antena da natureza e a aceitava em plenitude selvática. Fora um presente da Mulher Vermelha. Em troca, deixei que morasse em meus olhos, que fizesse florescer petúnias nas minhas narinas, se enrodilhasse entre meus rins, e beijasse minha pele suada com seu assobio infindável.

Apoiando o peso do corpo na mão esquerda, senti algo roçar a lateral do rosto. Minha tatuagem de chiclete aumentara de tamanho, rompendo a superfície bidimensional da pele; o caule lenhoso serpenteava e fincava espinhos por toda a extensão do antebraço, enquanto a rosa indecente sacudia seus babados — meu sangue era o solo fecundo que sustentava suas extravagâncias. Virei-me para Lipe, que escondia o rosto na camiseta, os ombros sacudindo de leve. Também tinha uma rosa vermelha aferrada ao braço. Mas na dele faltavam alguns conjuntos de pétalas.

— Você viu? — sussurrei, inclinando-me para a frente, vertiginosa e eufórica, e ele soltou um gemido sufocado, o rosto ainda escondido pelas mãos. — As flores tinham cheiro de tripa.

Lipe abaixou a camiseta, mostrando o rosto vermelho e úmido, a voz rouca de pré-adolescente subindo alguns decibéis na escala de som.

— Quero ir pra casa — choramingou.

— Você não tem casa — respondi, achando aquela constatação muito engraçada.

— Não consigo respirar — gemeu, inflando os pulmões com um assobio.

— É que os fantasmas roubam a respiração da gente, bobo. Tem que aprender a dividir. Assim, ó.

Enquanto Lipe puxava o ar com as duas mãos apoiadas no peito, respirei fundo e prendi o fôlego por tanto tempo que perdi o equilíbrio, caindo de novo. O ar escapou da minha boca em uma nuvem branca e condensada, e depois desapareceu em um ponto à esquerda.

— Quero ir embora — repetiu, esfregando os olhos.

— Então vai, seu cagão — gritei, levantando de um coice com os dentes à mostra. — A porta da rua é a serventia da casa.

Lipe se encolheu, apertando os olhos, como se eu tivesse gritado diretamente em seus ouvidos. Apaguei as duas velas que havia usado no ritual e as coloquei sobre a cômoda, cruzando os braços em seguida para conter os tremores — os buracos que trespassavam minha carne faziam ventar até os ossos e a rosa era muito gulosa.

— Eu vi — ele disse, finalmente, o queixo estremecendo, mas os olhos firmes em mim.

— A Mulher Vermelha?

— Não. O que você fez.

O que foi que eu fiz?, devaneei, repassando os eventos do dia e o oráculo de minhocas na cabeça, mas meu pensamento flamulava, agrilhoado às vísceras perfumadas da Mulher Vermelha, aos olhos furados com faca. Eu queria vestir seu corpo como uma boneca russa, crescendo lentamente até encaixar pé com pé, mão com mão, boca com boca. Me esqueci da afirmação de Lipe.

— Já pensou morar no corpo de alguém? — perguntei, enquanto ele tentava arrancar a rosa do braço. — A boca é a porta. Você engatinha por ela e desce as escadas do pescoço. Daí chega no estômago, no intestino... E descobre que, por dentro, todo mundo é uma floresta.

O corpo de Lipe enrijeceu, congelado em uma posição canina, a cabeça torta para o lado como Cindy quando ouvia outro cachorro latindo à distância. Lá fora, a algazarra da natureza viva havia se apagado, ancorando-se em silêncio.

— Você escutou isso? — sussurrou, buscando meus olhos. Tinha as pupilas dilatadas.

Um estrondo ressonante irrompeu pela casa, quebrando-se feito onda na borrasca e invadindo o quarto em um bramido rouco de catacumba. O grito rangia cordas vocais, esmigalhava nervos e ligamentos, esfacelava mucosas, vibrava no palato, rompia osso e cartilagem. Aumentando de volume, transpassou-nos em lamento de maquita. Ao mesmo tempo, as portas da casa, em uma irrupção de peças de dominó, foram todas arrancadas dos batentes e tombaram, uma a uma, sobre o piso, deixando à mostra o umbral da noite.

Flanando nas asas noturnas, uma orquestra bestial sinalizou a dolorosa metamorfose que rege o fim de todas as coisas. Ao meu lado, Lipe gritou, a voz de menino engrossando em urro de urso. Meu tímpano cedeu, espalhando reflexos de dor que repicaram por toda a cabeça. Travei o maxilar e, com um ruído crocante de quebra-nozes, meus dentes de leite escorregaram pela garganta, encontrando ninho no estômago. Em seu lugar, alargando gengivas, enfileirando-se em osso virgem, nasceu uma nova arcada, encavalada e torta — dentes de cão.

Presos à máquina de estiramento da mudança, membros foram puxados, deslocando-se das articulações, e, por mais que lutássemos, nós dois crescemos contra a nossa vontade.

Em meu ventre, serpenteando como víbora, rasgou-se uma cortina fibrosa, e sangue grosso lambuzou as coxas, escorrendo pelas pernas e besuntando os entrededos dos meus pés com coágulos. Virei-me para Lipe. Já era um rapaz; o rosto cheio de pelos, a mandíbula quadrangular, a frente da bermuda azul escurecendo. Nossas roupas se agarraram aos dorsos compridos, estrangulando os braços, diminuindo na curva das ancas, rasgando-se nas costuras, esgarçando no pescoço.

Findo o renascimento, o som arrefeceu, e nos encaramos entre os escombros da nossa infância — mulher e homem feitos, modelados em sangue e lágrimas. Tampei os olhos com as mãos grandes. Não queria ver.

Então, com um estrondo fragoroso, a energia se desligou, e o bairro todo — quiçá a cidade — foi coberto por um manto impenetrável de trevas.

Lipe e eu nos agarramos na escuridão cega, tateando nossos corpos estranhos, aterrados ao nosso pavor e aos nossos gritos, que, ainda que soassem distintos, mantinham a mesma essência. Pressentíamos um arrastar, um leve movimento; no breu perene, as paredes pareciam ter vida própria e se aproximavam, sorrateiras e centípedes, como predadores domésticos, comprimindo a atmosfera do quarto e transformando-a em uma claustrofóbica emboscada.

Em meio ao silêncio dominado pela ausência, sobrepondo-se ao resfolegar, aos soluços e ao gotejar da minha menarca, um som alto e conhecido ressoou vindo do teto. Um instrumento contundente penetrava a superfície acima de nossas cabeças com ritmo e entusiasmo. O ruído inconfundível de uma pá jogando terra sobre a tampa de um caixão. Apertados um contra o outro, Lipe e eu lutávamos contra o jazigo de escuridão, nossos corpos esmagados em uma eucaristia de mijo e sangue.

— Acende a vela!

O berro de Lipe, vindo de tão perto, causou-me vertigens. Mesmo assim, virei-me imediatamente para onde estava a cômoda, derrubando tudo no caminho. Cada vez mais afobada, tateei o móvel, o videocassete e a televisão. O som de nosso enterro crescia, e, junto a ele, uma estranha sensação de imobilidade paralisava meus pés, que pareciam cobertos de terra fria. Fechei a mão sobre o isqueiro que usara para acender as velas e friccionei a roldana de metal com o polegar, apertando a válvula e fechando os olhos por um momento quando a chama se acendeu, iluminando o quarto.

O ruído da pá cessou, dando espaço para outras alucinações, e um vendaval adentrou o quarto, sacudindo nossos cabelos longos e sem corte. Refletidos em fogo, os olhos de Lipe pareciam duas grutas negras de onde escorria água sem fim, o corpo molhado tiritando na noite quente. Assustou-se ao ouvir a própria voz:

— A gente abriu a porta.

Fechei os olhos.

2

Quando os abri novamente, estávamos deitados no chão movediço do quintal, o firmamento nos vigiava, estático; uma tela compacta e sem estrelas, cor de piche — de ossos carbonizados. Não havia brisa, som, ou presença viva; nada além de um cenário artificial, árvores de maquete, um painel pintado à mão, delineando os contornos de uma casa abandonada. Apalpei meu corpo. Os dentes novos, o cabelo comprido, os seios macios apertados no vestido de vovó. Era uma mulher grande, corpulenta e arredondada. E tudo me doía.

— Acho que eu tô surda — gemi, tentando falar mais alto que a abelha que tomara posse do meu ouvido.

Lipe se sentou. Segurava a vela acesa em uma das mãos e meu braço na outra. Nossas rosas se tocaram timidamente, tateando cegas o desconhecido.

— Esqueci o que você disse. O quê? — Ele mudara pouco. Continuava magro, alto, de olhos tristes. Tinha um cheiro forte, almiscarado como um gato.

— Acho que não tô ouvindo direito. Você tá escutando alguma coisa? — repeti.

Ele parou de se mover por um momento, prestou atenção, e depois negou com a cabeça. Sangue escorria, vivo e ininterrupto, das suas narinas, e seu dente incisivo central superior estava quebrado e escuro. Olhando para o oco concreto ao nosso redor, perguntou:

— A gente tá acordado?

— Não sei.

— A gente morreu?

— Talvez. — Encarei a palma das minhas mãos. As linhas formavam desenhos, soletravam palavras, mas desapareciam antes que eu pudesse compreender seu significado. Lipe puxava os pelos das axilas, arrancando-os um a um. — Felipe, presta atenção. A gente precisa buscar a minha avó. Ela vai ajudar a gente.

Ele me ajudou a levantar e esticou a vela à frente, regando a noite com fogo de candeeiro. Ainda nos acostumando com nossos corpos novos, atravessamos desajeitadamente o terreno, passando pelos canteiros de boldo, lavanda e capim-cidreira de vovó. As laranjeiras e figueiras, inflexíveis, nos ameaçavam com seus galhos contorcidos e afiados. Nenhuma folha se movia, nenhum ruído se fazia ouvir, nada conseguiria desmorrer aquele ar rarefeito.

A porta dos fundos já estava perto, os potes de ração que vovó deixava para os gatos da vizinhança enfileirados debaixo da janela da cozinha, a sombra da lavanderia com seu telhado de brasilit. Então tive um pensamento que me fez estancar o fluxo dos passos. Lipe voltou o semblante letárgico para mim.

— Meu avô.

— O que é que tem?

— Aquele grito... era dele?

A porta dos fundos tombara para dentro, esmagando o calço de galinha-d'angola. Entramos devagar na cozinha, incertos de que atrações nos reservaria aquela casa do terror, e fomos golpeados por um odor quente e adocicado de decomposição. Lipe engoliu uma golfada azeda de vômito.

— A gente esqueceu de trocar os curativos do meu avô — observei, incerta. Meus olhos passearam pelo cômodo, parando sobre uma garrafa branca em cima da pia. *Tem que botar luva pra mexer nisso aí.*

125

— Nem a pau. Isso aí é cheiro de rato morto.

Lipe testou o interruptor com mãos trêmulas e soltou um riso nervoso, os tiques dominando a musculatura ao redor dos olhos. Vomitou uma correnteza de palavras:

— Uma vez isso aconteceu na casa em que eu morava com a minha tia quando era bem pequenininho. Era um lugar bem merda, caindo aos pedaços, e os ratos tavam comendo tudo, tudo mesmo. Até eu, acredita? — disse e riu mais uma vez, esfregando a barba. — Era só eu dormir que eles vinham e *nhac*. Então minha tia botou veneno por todo canto. E as ratazanas comeram, levaram pro ninho, e depois morreram todas de uma vez, e ficaram apodrecendo no forro. Um monte. Imagina, devia ter, sei lá, umas trinta? É rato pra caralho. Quando minha tia foi puxando com a vassoura elas tavam cheias de bicho e foram se desmanchando pelo caminho. Caiu verme em cima da cama, da geladeira... mó nojo. O cheiro era igualzinho. Só pode ser isso.

— É. Só pode ser isso — concordei. Eu precisava me lembrar de alguma coisa, mas ele não parava de falar, e eu não conseguia reter o pensamento.

Lipe saiu tateando ao longo do tampo da pia. Derrubou a garrafa vazia dentro da cuba.

— Onde sua avó guarda as velas?

— Deve ter algumas no armário debaixo da pia.

Na boca do fogão, Lipe acendeu mais uma vela de novena, e a casa pareceu se iluminar por inteiro, banhando-se de alaranjado. O odor de parafina derretida neutralizava parte do fedor, tornando o ar mais respirável. O verniz dos ímãs de geladeira — frutas, vacas malhadas, garrafas de leite e galinhas de resina — refletia a chama das velas e parecia ouro líquido. Lipe virou para mim o facho de luz, enxergando-me em escarlate, e exclamou, chocado:

— Meu Deus! Você não para de sangrar.

Consegui divisar parte de meu reflexo no vidro temperado do fogão. As carnes abundantes comprimindo o vestido de vovó, o sangue empapando o tecido da cintura para baixo, os cabelos sujos de terra. Suja e peçonhenta.

Lipe estendeu a mão para mim, mas o empurrei para longe com o antebraço.

— Não olha pra mim. Olha pra lá.

— Você tá sentindo dor?

— Sempre — respondi, dando-lhe as costas. — Vem. A gente tem que achar minha avó.

Sem esperar resposta, dirigi-me para o corredor que levava até a sala e a porta da rua. Mas não dei mais de cinco passos. O corredor comprido e ladeado de portas — do quarto dos meus avós, do quarto de costura, do banheiro — estava tomado de moscas-varejeiras. Cobriam todo o taco de madeira como um tapete de projéteis crocantes, pedras ônix aladas e holográficas. Como todo o resto, estavam mortas. Iluminamos a passagem até o fim; até onde a luz alcançou, as moscas obscureciam o percurso.

— Isso não pode ser real — Lipe sussurrou consigo mesmo.

— É real. É que a gente tá enxergando debaixo do véu.

Dei um passo para a frente. O sangue tinha parado de escorrer e adquirira uma consistência espessa e grudenta, formando pequenos coágulos sobre a pele. Meus pés afundaram na massa de invertebrados e foram cobertos até os tornozelos, preenchendo os espaços entre os dedos com exoesqueletos que estalavam e pinicavam feito carrapicho. Lipe me seguiu.

— E se o que tá acontecendo for igual o que o cara diz naquele filme do hotel assombrado? E se isso aqui for tipo um álbum de figurinhas do inferno? — Lipe cochichou, cheio de esperança, parando diante do banheiro e virando a vela na direção do ladrilho coberto de limo, analisando o azulejo emplastado de um líquido ferruginoso, o espelho rachado, a cuba da pia transbordando de moscas.

— Figurinha não fede e nem explode quando a gente pisa em cima.

Paramos para olhar o aparador de madeira onde, tantos anos atrás, eu me escondera para bisbilhotar vovó em um de meus aniversários. Em cima dele havia um altar para Nossa Senhora decorado com miçangas coloridas, prenda de bingo de quermesse. A santa de gesso, circundada por velinhas eletrônicas de 1,99 e coberta por um terço de plástico azul, agora chorava formigas-de-fogo.

As formigas vermelhas saíam dos olhos castanhos, desciam em fila de multipernas pelo rosto delicado, sarapintavam o manto índigo e cobriam a toalhinha de tricô de vermelho-vivo.

3

Mais do que os bibelôs, os tapetes de tricô e as plantas artificiais, vovó amava suas imagens. Algumas ganhava de seguidores, outras comprava em feiras de artesanato, e sua favorita, a *Nossa-Senhora-do-Aparador*, a acompanhava desde a infância. Sempre que tirávamos juntas o pó daquela santinha, com flanela e lustra-móveis, ela gostava de contar uma história de dor:

— Quando eu era menina nova, uns sete anos, eu tive reumatismo. Na época, as criança faziam o serviço de casa tudo, igual os adulto, então eu buscava o pão, comprava o que precisasse na venda, varria o terreno, e lavava a louça pra minha mãe. Só que, pra tirar a gordura, a gente botava a louça num tacho de água bem quente primeiro, e depois enfiava na água gelada. Eu acho que foi aí, nesse choque térmico. Um tal de põe a mão na água quente, na água fria... Ainda mais que eu vivia doentinha, cheia das virose dos meus irmãozinho. Acho que foi assim que peguei o reumatismo e comecei com a dor nas perna.

"No começo, eu num falava nada pra mãe, que era pra ela num ficar brava e num atrapalhar nos serviço de casa. Mas depois que foi doendo mais num tinha jeito; eu num aguentava mais ir pra escolinha, mesmo ela me obrigando na cintada. Ela me tirava da cama na cintada, me levantava na cintada, e ia dando cintada o caminho todo. Eu chegava a cair na rua, e a mãe continuava dando as cintada, eu caindo, e ela descendo o cinto, até que um dia eu caí e num consegui levantar mais. Foi aí que ela percebeu que o assunto era sério e me levou pra casa nos braço, gritando sem parar.

"Quando o médico chegou, minha perna já tava inchada, esburacada e vertendo pus, e eu delirando, a febre mais de quarenta graus. Decidiram me levar pro hospital pra raspar o osso. O buraco tava tão largo e tão fundo que o médico injetava anestesia e ela voava pra fora; a coisa mais engraçada! Eu chegava a sentir o líquido molhando minha testa, meus braço... parecia uma chuva em cima da maca.

"'Tem jeito não', ele falou pra minha mãe, 'vai ter que ser sem anestesia mesmo.' E aí, minha filha, quando esse homem começou a raspar o osso da minha perna, eu gritava tanto que minha mãe dizia que parecia que o hospital ia cair... As parede sacudia tudo, os quadro entortava, e os relógio até pararam de funcionar. Eu pedia pra morrer, implorava pra Deus me levar, e minha mãe pedia pro médico parar de me maltratar, que era um absurdo o que ele tava fazendo. E foi aí que eu olhei pro teto e vi Nossa Senhora.

"Nossa Senhora tava lá, de braços aberto, o manto cheio de estrela, uma coroa brilhante na cabeça, os cabelo comprido que chegava quase no pé, chorando e chorando e chorando lágrima de diamante. E eu fui subindo e subindo, e ela me segurou com as mão, quentinha que nem filhotinho de coelho, e a gente ficou se olhando lá no alto. Eu nunca fui tão feliz e nunca senti tanta paz... A dor toda ficou lá embaixo e eu, por mim, ficava por ali com ela.

"Por isso eu cuido muito bem dessa santinha. Eu sei que, enquanto ela existir, eu tô protegida."

4

As formigas devoravam pouco a pouco o altar, corroendo a pintura do rosto da santa, exatamente como, em uma vida anterior, haviam se fartado no corpinho de Mayara.

Ao pensar na menina pela última vez, finalmente a enxerguei como era de fato. Uma criança violada. Consumida até o talo. Primeiro como carne, depois como símbolo milagreiro, e, por fim, e só para mim, como pretexto. Ela nunca havia me visitado, nunca tinha aparecido em meus sonhos, tampouco sussurrado em meu ouvido. Estava no paraíso bíblico em que vovó acreditava, o oásis para onde iam as crianças boas que deixavam aquela terra prenhe de sangue. *Desculpa*.

— Acho que a gente fez uma coisa muito errada — Lipe murmurou, ajoelhando-se sobre o amarfanhado de insetos mortos.

O cheiro de carniça tornara-se mais pungente, arrastava-se narinas adentro, pousando na língua e deixando um sabor amargo no fundo da garganta. Lutando contra o mar de insetos, andei mais alguns passos e cheguei até o quadro de Jesus Cristo que separava as paredes do quarto de costura do quarto de meus avós. A impressão estava estufada contra o vidro embaçado da moldura, o corpo do Salvador fervilhando de larvas, o rosto de mártir retorcido em um sorriso obsceno.

— Você não fez nada de errado, Lipe — eu disse, antes de entrar no quarto dos meus avós. — Você não.

A fedentina ali dentro era tão ácida e corrosiva que protegi os olhos com a gola do vestido. Ao abri-los, vi que o quarto se movia vertiginosamente. Mirando o teto — em busca de um paraíso invisível ou experimentando um êxtase facilmente confundido com gozo terreno —, as imagens sacras, que abençoavam o leito de vovó, pranteavam formigas-de-fogo. Os insetos choviam na tela do televisor, enchiam as gavetas da cômoda, esculpiam a cabeceira da cama e roíam o crucifixo pregado na parede. Sobre a cama de casal vazia, onde um formigueiro gigantesco em formação quase tocava na lâmpada, um líquido amarronzado havia se infiltrado no tecido, delineando com precisão, em decalque de necrochorume, o formato do corpo do meu avô.

— Ué, cadê ele? — Lipe perguntou por cima do meu ombro, mas não tive tempo de responder, pois da sala veio uma tosse roufenha.

— Seu Cristóvão?

Esquecido da imobilidade e da invalidez de meu avô, Lipe correu para a sala com confiança infantil — um menino que vê o pai entrar no quarto após um pesadelo. Uma parte de mim seguiu seus passos, outra continuou parada onde estava, implorando para que Lipe percebesse que havia algo fora do lugar —

como um bebê morto escondido em uma vitrine de bonecas. Queria que fugisse comigo para o quarto de costura, que nos deitássemos juntos no chão repleto de novelos e retalhos, de conchinha como os casais nas novelas, e esperássemos o dia amanhecer e o sol luzir sobre a casa, varrendo o mal que empesteava cada tijolo, fresta e objeto decorativo. Mas da minha boca saiu apenas um arquejo mudo e carregado de carunchos — que ele não ouviu.

O lume brando da vela de Lipe acendeu um holofote sobre a sala de estar, abrindo caminho até os degraus do piso de caquinhos do jardim.

Ali, a pestilência era quase sólida. O oxigênio, esverdeado e opaco, transmutava a matéria. As formigas, por sua vez, ocupavam a maior parte das paredes, soterrando o chão de tacos e construindo formigueiros que, como nuvens, assumiam formatos específicos — um velho, uma matilha raivosa, uma flor de doze pétalas.

Compondo a cena, sentada sobre a manta de fuxicos do sofá encardido, uma figura encurvada mexia dentro de uma caixinha oval de porcelana. Reconheci o porta-joias que sempre havia decorado a mesa de centro. Era ali que vovó guardava, de lembrança, meus dentes de leite e o meu umbigo.

5

O que restava do meu avô levantou a cabeça e me encarou com as pálpebras inferiores tão caídas que os globos oculares estavam quase descansando nas bochechas amarelo-esverdeadas. Em avançado estado de putrefação, inflado de gases, tinha as mãos escuras e os pés diabéticos partidos ao meio. As feridas eram grandes crateras de carne desabrochada, abertas até os ossos do tornozelo, onde larvas de mosca colonizavam cada milímetro do cadáver insepulto.

Ele abriu a boca e exibiu a gengiva calosa e desdentada, a língua pálida e mole feito a de um peixe morto. A voz que saiu dali — misto de choro de recém-nascido e órgão de tubo — trincou as taças e os copos na cristaleira. Era rouca e feminina.

— Você cresceu, Beatriz. Mas só de mentira.

Minha mão vacilou; derrubei a vela que, em contato com o piso, apagou-se imediatamente. Era a primeira vez que ouvia meu avô falar. Fui acometida de uma profunda sonolência e meus joelhos bambearam. As patas de tarântula da Mulher Vermelha me abraçaram por trás.

— Sabe de uma coisa, menina? No dia que tua mãe engravidou de você eu já sabia que estava gestando um monstro.

Meu avô tirou cada um dos meus dentes da caixinha, olhando-os como um joalheiro analisando pedras preciosas, e tentou encaixá-los na própria boca. Nós o observamos com a paralisia deslumbrada de quem presencia um tornado lhe destruir a casa, uma criança caindo do décimo andar de um prédio, o fogo lambendo os cabelos da própria mãe.

— Mas não podia ser diferente. Você é a filha dela. — Uma mosca lhe escapou dos lábios ao sorrir para mim. — Como você, Ângela também vivia mancomunada com a Mulher Vermelha. E, no início, a sua avó não via maldade. Sempre foi muito vaidosa. Gostava da ideia de ter alguém seguindo seus passos, de que a filha também se tornasse uma curandeira e atendesse aos necessitados... Essa hipocrisia toda. Mas Ângela não estava interessada em filantropia.

O velho forçou as curtas raízes dos meus dentes de leite contra a carne morta, passou a língua sobre os buracos que se abriram com a pressão, forçando-os a se alargarem, e encaixou dois caninos neles. Testou-os mordendo a pele esfarelenta do indicador.

— Sua avó culpou uma vizinha da capital. Acreditava que havia mostrado a Ângela certas coisas... coisas más, nefastas. Era uma mulher poderosa, fervente de ódio. Tentou me matar. Mas o tiro na bacia só serviu para que eu me aposentasse por invalidez e voltássemos para cá. — Continuava experimentando os dentes em locais diferentes da boca, sem erguer os olhos, enfeitiçado pelo som da própria voz. — Ângela já chegou diferente. Passava todo o tempo no casarão dos Morano, jogada sobre os trilhos da estação ou revirando meus cadernos.

"Queria aprender magia do sangue. E encontrou a Mulher Vermelha várias vezes na ânsia de saber. Esses despertares a mantiveram em permanente estado de amortecimento, semiacordada, sempre à espera de um chamado. E, ansiosa para ir à desforra, manipulava a natureza. Dos bichos. Dos homens."

Como um contingente de soldados, as formigas que povoavam a casa se aproximaram devagar, deslizando sobre os tacos soltos em formação de batalha.

— Um dia Ângela chegou da escola e contou pra sua avó sobre um rapaz. Um colega de classe. Estava apaixonada. Ele, não. E quando soube que pretendia se mudar para a capital e seguir carreira como advogado, ela recorreu à Mulher Vermelha e deu o seu jeito de mantê-lo ali.

"Só percebemos que não se tratava de um namoro normal uma noite, quando sua avó entrou no quarto sem bater na porta. O rapaz, de costelas à mostra, comia as excreções de sua mãe. Um prato cheinho.

"Não só Ângela o havia amarrado com feitiçaria, como também lhe impingira o pior dos castigos: vítima de uma fome implacável, só podia se alimentar do corpo dela."

Contendo o desejo de vomitar, sentei no chão, encarando o velho morto que ainda escolhia dentes, mudando-os de lugar na boca pútrida. As formigas já lhe cobriam as duas pernas, cavando túneis sob a pele esburacada. Concentrado na história, meu avô não lhes deu atenção:

— Em pouco tempo, os dois definhavam. Ângela só existia para alimentá-lo. E ele nunca estava satisfeito. Deixou a casa dos pais e ficava parado bem ali, na frente do portão, só pele e osso. Babando feito cachorro louco.

"Pouco depois, sua mãe descobriu que as excreções sustentavam pouco. Se lhe desse sangue, o rapaz sofreria menos. E assim foi. Os braços cheios de marcas. Os lençóis manchados de ferrugem. A anemia crônica. E pouco depois você, que, como um tumor, foi lhe expandindo o ventre, a metástase final do câncer desta família. Filha da fome."

Amordaçada, assistindo enquanto as formigas roíam meu avô até os ossos, continuei ouvindo a história da minha origem.

— Algo tinha de ser feito. Algo de cunho prático. Então eu interferi. Fui o executor. Tranquei Ângela no quarto dos fundos, onde botamos as coisas quebradas, as coisas sujas — ele continuou, com um esgar, erguendo os olhos opacos para mim. — Nós a alimentávamos pelo vitrô. Só permitíamos que saísse para usar o banheiro, e sempre em nossa companhia. Quanto ao rapaz, apareci na casa dele uma manhã, de revólver em punho. Ameacei a família. Amarraram-no como um cachorro no quintal. Problema resolvido: nunca mais o vimos ou ouvimos seus gemidos famintos.

"A gravidez já estava a termo quando chegou a notícia de que havia se enforcado. Foi o último momento feliz que experimentei nesta vida. Hoje me arrependo de não ter saído e estourado um champanhe. Mas consegui falar com o legista. Ele me contou que as paredes do estômago do rapaz tinham se colado, exatamente como em pessoas que sofrem de inanição. Curioso, não é?"

Terminando de cravar meus dentes em sua gengiva, deu uma gargalhada. Algumas larvas rolaram sobre seu peito. As formigas já escondiam sua cintura. Na escuridade, era como um homem cortado ao meio, um truque de mágico.

— Decidimos esconder a notícia de Ângela, mas, naquela mesma noite, quando fomos até o quintal para escoltá-la até o banho, ela já sabia. Transtornada, disse que ele próprio viera lhe avisar. E que, como um mosquito, sugara seu sangue.

"Tinha o meu revólver em mãos. E usou duas balas. Uma em mim. Outra nela."

Me queimou com as labaredas dos olhos.

— Sua avó precisou escolher quem salvar. E escolheu. Quanto a mim, se antes tinha a mobilidade reduzida, acabei me tornando a "múmia" de que você tanto detestava cuidar. Mas tudo bem, pois a recíproca era a mesma. Eu também sempre te detestei. Você foi a ruína da minha família.

Então, suavizando a expressão, cruzou os braços na frente do peito e esboçou um sorriso de sagui.

— Ainda assim, preciso te dar algum crédito. Sofri inúmeras tentativas de assassinato ao longo da vida. Acredite. Mas você foi a única que conseguiu levar a cabo. — Interrompeu-se, tossindo como um gato engasgado, e escarrou uma massa vermelha e gelatinosa sobre as mãos, que as formigas reivindicaram no mesmo instante. — Soda cáustica na sopa. Grande ideia. Isso você puxou a mim.

Gritei, mas a única coisa que me escapou dos lábios foi um assobio. *Não fui eu*, tentei novamente dizer, mas um aroma fresco de dama-da-noite se enrolou na minha língua, sacudindo-a feito um chocalho de cascavel.

Silêncio, dizia, *a violência é a dádiva da natureza. E a descendência é a origem do sangue.*

Analisando meu semblante calcário, meu avô se calou. Parecia satisfeito. Inclinando-se para a frente, deixou escapar um líquido amarronzado que encharcou a manta do sofá, enquanto buscava mais fundo na caixinha de porcelana até puxar o coto do meu umbigo. Precisou lutar contra as formigas-piranhas, que já chegavam às suas axilas, para tê-lo somente para si. Então ergueu os olhos mortiços, reconhecendo a presença de Lipe pela primeira vez.

— Felipe... — Ao ouvir a Morte dizer seu nome, Lipe afastou-se alguns passos, a mão ainda aferrada à minha roupa, mas de tronco ereto e cabeça erguida. Já estava esperando sua vez. — A marionete.

"Você sabia que uma criança nascida de amarração nunca será amada? Não importa o quanto se esforcem. As pessoas pressentem que estão enfiando a mão em um vespeiro. É como acariciar um animal raivoso, brincar de esconde-esconde dentro da geladeira, nadar de olhos vendados em um pântano de jacarés.

"Nesse quesito, vocês dois são como irmãos."

O espinhaço de formigas tomara o sofá, o piso, todo o corpo do meu avô. Suspenso pelo carreiro, restavam-lhe somente cabeça e mãos. Entre o polegar e o indicador, ainda segurava a ameixa ressequida do meu umbigo — parte Ângela, parte Beatriz.

— Quase morrer de fome ao lado da mãe que apodrecia. A prisão do teu pai. As surras e o abandono da tua tia... Tantos sinais, Felipe. Quando é que ia aprender aquele velho ditado, *antes só do que mal acompanhado*? É uma pena. Você podia ter crescido para se tornar um homem de verdade. Mas agora já não dá mais tempo.

Escancarando a boca, quebrou as articulações da mandíbula e revelou uma multidão de larvas dançando na garganta. Em seguida, com cuidado, depositou meu umbigo na base da língua grossa, áspera e violácea, e mastigou-o com a ajuda dos dentes de leite, profetizando:

— Muito cuidado, menino. Ela tem fome. E, antes do nascer do dia, vai te roer até o osso.

Ainda nos observou por um ou dois instantes, os olhos de carcará nadando no torvelinho de formigas-de-fogo, antes de desaparecer em finas partículas de pó que se grudaram aos nossos cílios molhados.

VAGA-LUMES NO MATO ALTO

1

Nos dias em que a pele grudava de suor, a chuva cobria os paralelepípedos de diamantes, pernilongos enchiam o teto da sala e a fuligem de cana pintava a lataria dos carros de pó preto, vovó armava a piscina de lona no pátio, Cadu e Lipe vestiam sunguinhas, Nanda colocava suas boias de braço — mesmo que a água mal chegasse nas suas coxas —, e eu me encurvava para manter o peito reto dentro do minúsculo maiô de Ângela. Cadu então ligava o rádio portátil do pai na 88.5 FM, e nadávamos como peixes de aquário até os dedos envelhecerem cem anos e a barriga doer de fome.

Cada um de nós tinha sua brincadeira favorita: Nanda gostava de fingir que era a Pequena Sereia; Cadu tentava prender a respiração pelo maior tempo possível; Lipe e eu fazíamos mímica submersos.

Debaixo d'água, meu cabelo anelado boiava como vitória-régia, os olhos iluminados pela luz azulada, ardendo de cloro, hipnotizados pela imensidão da piscina de dois metros e meio e pelas sardas no rosto sorridente de Lipe. Se tivesse guelras, adoraria contá-las, uma a uma, como grãos de lentilha. Ali, o mundo aquático assumia tonalidades e sons diferentes, mudava o estado da matéria, transformava o ar em bolhas policromáticas, amolecia as casquinhas de machucado que, estufadas, se desprendiam na água, cobrindo-a de pequenas placas de pele morta. Mexendo as mãos, os lábios, os olhos, esforçávamo-nos para decifrar a linguagem do silêncio até os pulmões pegarem fogo, o ar ser expulso em mil borbulhas, e nossos corpos ascenderem, involuntários, à superfície.

Agora, caminhando pela rua às cegas, eu vivenciava a mesma ardência e o mesmo afogamento; a memória física de estar à deriva, sobre uma boia atirada ao mar, a impressão de estar liquidificada dentro de um corpo exausto, arrastando membros pesados, incapazes de se mexerem como deveriam após um dia ensolarado na piscina. Segurando as velas de novena como lanternas à nossa frente, Lipe e eu desbravávamos a noite cerrada em mutismo abatido, de olhos apagados e rostos congelados em expressões de pavor. Cabras-cegas, mal reconhecemos o Fusca laranja de seu Alfredo, a pitangueira na calçada de dona Sílvia, o arame farpado que cercava o campinho ou a amoreira que cobria a rua de nódoas escuras e escorregadias.

A ausência de brisa, movimento ou ruído tornava a realidade oca e hostil, convertendo a cidade em uma caixa vedada na aura desoladora de um pesadelo. Lipe seguia na frente, sobressaltado e nervoso, iluminando tenuemente o caminho; ainda que déssemos passos tateantes, demorando mais de meia hora para percorrer a curta distância da casa de vovó até o fim da rua onde ele vivera com a tia, não havíamos trocado palavra ou olhar. Repassávamos o terror de antes na cabeça, rebobinando-o. A letargia que se apossara de mim após o ritual com as minhocas havia arrefecido e dado espaço a horror e descrença; não conseguia conceber todas aquelas informações: as mentiras de vovó, a história de Ângela, o fato de ter envenenado a sopa de meu avô.

Eu não me lembro. Eu nunca faria uma coisa dessas.

Mas você não é você, o assobio sussurrou, *e a memória é um rio de águas turvas.*

Assustada, estiquei a mão para Lipe, tocando com leveza seu ombro, mas ele reagiu com aversão violenta — afastou-se, esfregando-o com força, como se uma aranha-armadeira estivesse prestes a cravar ali suas quelíceras. A rosa que levava no antebraço estava murcha e despetalada, o caule frouxo na pele.

A poucos passos de distância, a porta da casa onde vivia com a tia refletiu a chama tremeluzente de nossas velas. Diferente das outras portas da rua, que haviam sido arrancadas das dobradiças e arreganhavam-se em um retângulo vertical compacto, a da casa de Lipe estava trancada.

— O que você tá fazendo? — perguntei, sem entender como havíamos chegado ali. — O que você quer?

Ele não me respondeu. Em vez disso, arremessou o ombro contra a porta. Sacudindo a maçaneta para cima e para baixo, espiou através do vidro e da cortina encardida, tentando inutilmente enxergar qualquer coisa na escuridão. Gritou por entre as mãos:

— Abre a porta, tia!

— Sua tia não tá aqui. Ela foi embora — eu disse, chocada, tentando puxá-lo pelo braço. — Já faz muito tempo. Você esqueceu?

— Cala a boca! Cala a porra dessa boca, sua puta! — Lipe berrou, empurrando-me para longe. — Não fala comigo! Não fala comigo *nunca... mais!*

Caí sentada sobre o meio-fio enquanto ele voltava a se atirar contra a entrada da casa, entoando a mesma cantilena, *tia-tia-tia-tia-tia-tia*, como um filhote de cachorro ganindo. Segurando a vela na frente do rosto, vi-me refletida na lataria de um carro estacionado. Aos poucos, meu rosto inchado e triste de moça foi se modificando; deu lugar à imagem de uma mulher idosa e corcunda, com seios volumosos que caíam até a cintura e um colar de ossos em volta do pescoço. Espiando através da íris de meus olhos embaciados, a velha abriu a boca — tinha uma cigarra no lugar da língua.

Lipe continuava a berrar, esmurrando a porta da frente até perder o controle dos braços. Chorando em silêncio, de olhos fixos na escuridão maciça que havia apagado não só as luzes da cidade como também a luminescência breve dos vaga-lumes, repassei as palavras do meu avô na cabeça mais uma vez. Então, deitei de lado na calçada e fechei os olhos. Queria dormir.

Aos poucos, Lipe desistiu de arrombar a porta da casa e se sentou a alguns metros de distância. Em um fio de voz, murmurei:

— A gente precisa encontrar a minha...

— Você já falou. Não sou surdo — a resposta soou dura, dita entredentes, em um rosnado.

Sentando-me de volta na guia, observei minhas mãos, que sob a chama vacilante das velas pareciam ancestrais e angulosas. Sangue seco emplastrava veias e poros, desenhando ranhuras e rugas, emprestando-lhes uma aparência predatória — garras de harpia. O sangue que cobria a rígida queratina das unhas, de tom bordô, lembrou-me dos dedos sempre esmaltados de vovó. Trouxe à memória o cheiro adocicado de acetona, o toque simultaneamente áspero e macio do algodão, a sensação delicada do pincel tocando minhas unhas — lambidinhas de mosca. Pensei no esforço frustrado de manter os dedos separados até secarem, no fracasso infantil de andar por aí com a tinta empolada e coberta de pelinhos quase invisíveis. Mas não dessa vez; a cobertura do sangue era uniforme e parecia envernizada.

A morte é a melhor manicure de todas.

Lipe suspirou, crispando os punhos. Os olhos eram lanternas no escuro.

— Eu vi o que você fez — repetiu, como fizera ao acordarmos do oráculo das minhocas.

— E o que foi que eu fiz? — perguntei desta vez, desafiadora. Entre as pernas, junto ao sangue que não estancava, senti um calor se espalhando e lambuzando as coxas; um regato de água rala e agridoce.

— Você matou todo mundo.

Não respondi. A presença enflorada que ia e vinha, preenchendo minha vista de magenta, também parou para escutar. Enfiei os dedos na boca e nós duas os chupamos em silêncio enquanto Lipe relatava o que encontrara em sua visão:

— Eu vi a cidade. Quando era só algumas casinhas e a igreja e o casarão dos Morano. Tava tudo diferente. As árvores, as plantas, os bichos... Tudo morto. Até o brejo tava seco. Fui andando de casa em casa. Eu não queria, mas não conseguia fazer meu corpo obedecer. Alguém tava mandando em mim, como se eu fosse um fantoche.

Com o queixo encharcado de saliva, analisei os dedos — estavam quase limpos de sangue. Busquei mais entre as pernas.

— Vi as pessoas morrendo. Cada uma de um jeito. Os homens pisoteados por cavalos, esmagados por manadas de bois, comidos por cachorros. As mulheres doentes, mutiladas, largadas sozinhas para morrerem na cama. E as crianças... — Lipe respirou fundo, tentando se controlar. — As crianças deformadas, cobertas de feridas, morrendo de fome no berço enquanto os pais apodreciam do lado.

— *E então você percebeu que já conhecia aquele cheiro doce de peixe podre e fruta madura. É a única lembrança que você tem da sua mãe* — dissemos juntas, refreando uma risadinha.

Lipe avançou contra mim, encolerizado, derrubando-me de costas no acostamento. Quando envolveu meu pescoço com as mãos, uma força sombria e bestial, até então desconhecida, dançava atrás de seus olhos. Apertou até que minha língua espetasse para fora da boca.

— E você tava lá no meio dos mortos. Dando risada. Toda enfeitada de flor.

Pela primeira vez desde o ritual, pude ouvi-lo com a clareza límpida da minha própria consciência. A Mulher Vermelha decidira recuar e deixar que eu enfrentasse sozinha, com minhas argumentações infantis, a força adulta do meu melhor amigo. Engasgada em coágulos de sangue, encarei o rosto contorcido de Lipe até que reconhecesse, em minha careta de choro, a herança truculenta de sua estirpe.

— Não era eu. Era a Mulher Vermelha — implorei quase sem voz, agarrando-o pelos pulsos.

— Você matou o seu avô — Lipe cuspiu, soltando-me com rispidez. — E me fez segurar o prato de veneno! — Escondeu o rosto nas mãos, erguendo-se da calçada e se afastando de mim.

Segurei o pescoço com as mãos e desfiei uma série de frases rasgadas:

— Não fui eu. Foi a Mulher Vermelha. E também não era meu avô. Você viu. Aquela coisa não era meu avô. Ele tava sofrendo, coitado, tava velhinho, tava doente. Deve ter morrido muito antes e aquilo vestiu a cara dele e se fingiu de vivo. E se foi tudo um sonho? E se a gente tiver imaginando tudo isso? E se a gente morreu? — eu disse e puxei o ar com força. — Quando a gente encontrar a minha avó, ela vai...

— Vai fazer o quê? Ressuscitar ele? — Lipe ergueu-se acima de mim, bafejando toda a sua animosidade no meu rosto. — Eu falei que não queria jogar aquela porra de jogo! Você me obrigou!

Com um urro violento, ele se atirou contra o veículo estacionado nas proximidades. Vítima de seus golpes, o Maverick entoou uma canção metálica de perdas. Lipe tateou a calçada até encontrar um pedaço solto de concreto, erguendo-o até o alto com as duas mãos e descendo com toda a força de sua ira contra a lataria do carro.

Eu não conseguia ver os amassados na penumbra, mas ainda era capaz de escutar o impacto da pedra contra o metal; ouvia os grunhidos de esforço de Lipe, sentia as mudanças bruscas de movimento do ar. Só fazia repetir, mais para mim que para ele, ininterruptamente:

— Eu não sabia que isso ia acontecer. Eu não queria que nada disso acontecesse. Eu só queria ser como minha avó. Eu só queria ficar com você pra sempre.

Talvez eu devesse procurar a chave daquele carro e sair por aí, como vovó, num acelera-e-breca eterno. Seguir reto até o fim da estrada, certa de encontrar a morte no meio do caminho.

Em pouco tempo, a fúria de Lipe se extinguiu, junto à ruína do veículo. Atirando longe o bloco de concreto, aproximou-se devagar, a luz das velas revelando sua silhueta comprida, resfolegante e esgotada, o corpo molhado dos pés à cabeça, mãos em carne viva. Agora sim — havia se tornado um homem. Sem saída, respirou fundo e encarou as sombras que talhavam o caminho, disposto a atravessá-las com violência inabalável. Enxerguei-o como um espelho de mim mesma; despojo mastigado pelos dentes do mundo, retrato de uma infância corrompida, arrastada, a contragosto, pela enxurrada do destino.

— Já que a merda tá feita — suspirou, ofegante, apoiando as mãos na cintura —, temos duas opções, certo? A primeira é sair andando por aí, no escuro, até chegar ao casarão dos Morano, pedir ajuda pra sua avó, e torcer pra ela ser um tipo de super-herói capaz de voltar no tempo e fazer tudo voltar ao normal. O que eu duvido. A segunda opção é ficar aqui, esperar amanhecer e depois ir atrás dela e dos outros.

— E se nunca amanhecer? — perguntei, sem saber se aquela pergunta era a exteriorização de um medo ou de um desejo.

Lipe desviou os olhos, mordendo o lábio inferior, e começou a andar de um lado para o outro. A areia do tempo caiu lentamente.

— E aí? Qual vai ser? — insistiu um momento depois, impaciente para se colocar em movimento.

— Nos filmes de terror as pessoas sempre vão — respondi, erguendo a vela para iluminar meu rosto exausto.

— Então vamos.

— O problema é que tudo dá errado no caminho.

— E já não deu?

Lipe ficou em silêncio por um momento, olhando para o breu intimidador que nos enredava, tentando relembrar a direção e a ordem das coisas. Virou-se para me olhar, dessa vez sem raiva ou julgamento, só com uma tristeza resignada e piedosa.

— Sabe o que eu acho? — perguntou.

— O quê?

— Eu acho que a gente tá chegando no final do filme. Naquela parte em que alguém aparece pra resgatar os mocinhos, sabe?

— Mas e se a gente for vilão? — deixei escapar, de repente cheia de medo, aos poucos absorvendo a sordidez dos meus atos. — O que acontece no final?

Lipe ignorou minha pergunta e se virou para o lado oposto de onde tínhamos vindo, tentando visualizar o trajeto que teríamos de seguir. Sabia que, além do ipê-branco e da casa da moça que fazia bolos de aniversário com glacê colorido, depois do campinho e do brejo, a ferrovia se estendia infinitamente, seus trilhos marcando a fronteira entre a propriedade dos Morano e a Vila das Amoras.

— Vamos por ali. Acho que conseguimos chegar antes de o dia amanhecer.

Empunhamos nossas velas novamente e seguimos, meus pés escorregando em frutos caídos, tocando receosos o paralelepípedo liso e cheio de buracos onde se escondiam cacos de vidro, tampas afiadas de garrafa ou animais peçonhentos. Movia-me com lentidão apreensiva, ainda me sentindo inadequada na estrutura de meu novo esqueleto. Lipe ia mais à frente, destemido e apressado. A cada passo dado, a distância entre nós aumentava progressivamente. Estava me deixando para trás.

— Felipe!

Virou-se de uma só vez, sombras dançando sobre o rosto indagador na penumbra.

— O que foi?

— Posso segurar sua mão? — pedi, de olhos baixos, envergonhada. Ele me observou em silêncio, a boca costurada de medo. Como hesitava, menti. — Tenho medo do escuro.

Lipe suspirou e sorriu de leve. Uma barreira se estilhaçou entre nós. Apesar da monstruosidade da noite, ainda era ele — ainda era eu. Estendeu a mão direita e segurou minha mão esquerda com força. Íntegras, nossas rosas se entrelaçaram.

Em passos curtos, que, ao cruzarem a casa de vovó, transformaram-se em uma corrida desajeitada e esbaforida, chegamos à esquina, alcançando a margem da pastagem alta onde, na base de uma pequena colina, situava-se o trilho do trem e a pequena estação abandonada. Alargamos com cuidado uma falha na cerca de arame farpado que bordeava o campinho, e passamos por ela juntos, como havíamos feito tantas vezes antes, em dias ensolarados e felizes.

Pouco antes do brejo, empaquei no meio do caminho. As consequências da minha desobediência, a sanha carniceira do meu legado, o corpo eviscerado da Mulher Vermelha, tudo havia calcinado o meu futuro. Já não conseguia seguir. Apoiei-me no tronco de uma figueira, que deixou cair, a meus pés, um fruto mordido e cheio de bigatos. Lipe observou calado.

— Não quero mais ir. Vai sem mim — balbuciei, sentando-me nas raízes da árvore.

— Tá doida? Claro que não. Não vou deixar você aqui.

— Eu não consigo, Lipe. Não posso contar pra minha avó o que eu fiz. Tenho muito medo. — Ele se abaixou para amarrar os cadarços e ficou ali, encarando o solo, em silêncio, enquanto eu respirava fundo, tentando disfarçar a voz embargada: — Eu vou ficar sozinha.

Meu pranto, represado havia tanto tempo, encheu a noite de gritos, agouro de mãe-da-lua, emprestando vida à atmosfera estéril. Aos poucos, fui regredindo em minha metamorfose, deixando para trás o corpo de mulher e encolhendo em uma bola de pavor — o polegar sem unha metido na boca estreita de menina nova. As roupas de vovó tornaram a folgar, meus seios foram absorvidos pelo peito reto, mas o sangue continuou seu trilhar de vida-morte, e, embora vomitasse meus dentes de leite nas palmas das mãos, minha nova dentição canina se manteve no lugar.

Lipe assistiu por um tempo, mero espectador da tristeza, mas depois se aproximou — porque era bom e porque, a seu modo, me amava. Ao me tocar com as pontas dos dedos, também retornou à infância; os joelhos mudaram de lugar, os pelos caíram, o queixo diminuiu, arredondando-se. Contudo, o cheiro almiscarado, forte e animalesco não o abandonou. Ajudando-me a levantar, comprimiu meu corpo contra si, encostando os lábios na curva da minha boca, em um breve roçar, com a delicadeza das abelhas polinizadoras. O amor se desenhou em braile nos poros saltados da minha pele.

— Você nunca vai ficar sozinha. Eu prometo — jurou, do jeito irrefletido e hiperbólico com que as crianças fazem promessas, mesmo que estivesse sempre de partida e se cansasse fácil de todas as coisas.

Fingi acreditar e permiti que entrelaçasse os dedos machucados nos meus, dois pares de alamandas escandentes, embora soubesse que sua partida estava próxima.

Percorremos o terreno submerso em trevas, atravessando a noite eterna de mãos dadas, simulacro de um casal de namorados passeando sob a lua nova. Incapazes de farejar algo além do odor rançoso de suor e sangue que revestia nossa pele, vimo-nos desatentos aos perigos que se escondiam no mato alto, alheios aos aromas intrusos, nossas narinas insensíveis ao cheiro de carne fresca e rabugem. Obliterei o passado de minha mãe e a morte de meu avô do pensamento, esqueci os olhos acusadores de vovó, e me concentrei somente em Lipe, na imortalidade esplendorosa do primeiro amor, na brisa leve que acariciava nossos cabelos, fazendo rodopiar as folhas secas e os torrões de terra em redemoinhos de quase-verão.

2

Passamos pelo capim e pela tiririca com cuidado, enchendo as roupas de picão e carrapicho, que se agarravam a nós com agressividade desesperada. Em pouco tempo, chegamos ao brejo, velho palco de brincadeiras, onde peixes e anfíbios quedavam em silêncio e imobilidade tais quais pedras vivas, *trolls* de contos de fadas — algo saído de *Labirinto*. Lipe os ignorou e seguiu determinado, meu braço esticado entre nós. Ao contornamos a lama escura que circundava o lago, enxergamos o casarão dos Morano como uma miragem no deserto.

— Bibi, olha isso. O casarão tá todinho aceso.

À distância, vistas do alto, as luzes vermelhas que iluminavam as portas duplas do casarão e as cinco janelas frontais — três no andar superior e duas no inferior — pareciam seis imensas fogueiras. A casa tombada, quase em ruínas, erguida na planície solitária em meio às plantações de eucalipto, ladeada por quaresmeiras, gabirobas e aroeiras, emitia um brilho alaranjado que, como um farol, atraía nossos olhares de mariposas.

— Eu não acredito. As luzes tão acesas — Lipe repetiu, limpando o suor da testa com alívio. — Tá todo mundo lá. Tá todo mundo bem. Eu não acredito nisso. Vai ficar tudo bem.

Então olhou para mim, piscando freneticamente, o sorriso amplo. Retribuí.

— Foi um sonho, não foi? Só pode ser. Eu já tô me esquecendo de tudo. Acho que a gente dormiu sem querer. E que logo desperta. Tenho certeza que a gente acorda assim que chegar lá no casarão. Quer apostar?

Eu também estava me esquecendo do que acontecera. Quanto mais nos distanciávamos de casa, adentrando a mata, menos os fatos da noite me pareciam reais. Feitos da matéria vaporosa dos sonhos, os acontecimentos de antes mudaram de forma, apagaram-se, perderam importância, ganharam contornos ilusórios. Porque essa crença me beneficiava, e porque a euforia de Lipe era contagiosa, também adotei a ideia como verdade absoluta. *É tudo um sonho. Ainda bem. Já, já vamos acordar.*

Descemos a encosta aos pulinhos, dirigindo-nos para a propriedade dos Morano, as pernas nuas arranhadas de capim, encaroçadas de picadas de formigas. *Mas e se não for? O que você vai fazer?*

A cada passo, a presença de vovó, com os olhos escondidos pelas armações de tartaruga e o permanente que emoldurava a cabeça como uma coroa, emprestando às feições angulosas um ar severo de avestruz, aproximava-se cada vez mais, ocupando o firmamento com sua divindade punitiva. Encerrada entre as paredes do casarão, ela aguardava, suprema e temível, pronta para dar a sentença que, durante onze anos e meio, adiara.

Era como se sempre tivesse sabido que criaria um filhote de cobra — e que, mais dia menos dia, ele lhe picaria o seio.

Enquanto Lipe falava sem parar, ansioso, eu tentava me convencer das boas intenções de vovó. Ao fomentar a suposta perfeição de Ângela, decerto esperava me proteger — frear a minha própria natureza, extirpar a endemia de sua linhagem. Mas as mentiras e comparações haviam provocado o contrário; aquela figura mítica sempre fora minha sombra, a lembrança da minha inadequação. Será que a mosca admira a aranha? E se eu tivesse sido deixada nos degraus da casa de alguém? Que parte de mim floresceria?

Será que, em algum momento, eu tive a chance de ser boa?

Tão logo chegássemos ao casarão, eu me ajoelharia diante de vovó, beijaria seus pés varicosos e juraria que:

1. Nada tinha a ver com a morte de meu avô — *foi tia Edna, foi um ladrão, foi suicídio, ele já era velho, doente (mau), tadinho, tava na hora de descansar.*
2. Já não desejava falar com os mortos nem descobrir a matéria-prima dos fantasmas.
3. A única coisa que queria era fechar a porta para sempre, com ferrolho e cadeado.

Em troca, vovó só precisaria remendar as fissuras da minha hecatombe. Fácil, fácil, era *baba*: só precisava voltar no tempo, devolver luz e vida à cidade, ressuscitar meu avô, reverter a ira que se apossara do corpo de Lipe e botar a Mulher Vermelha para dormir até o fim das eras.

Afinal, se vovó adivinhava o passado e o futuro dos outros, se via os mortos por aí, se descobrira o cadáver de Mayara, e se, por tantas vezes, havia domado o fantasma da Mulher Vermelha, também podia limpar a minha cabeça com a mesma facilidade com que esfregava o ladrilho, removendo o mofo dos azulejos. Em um tufão de espuma, lavaria minha memória com cândida, deixando em seu espaço um vazio alvo e feliz, uma ausência reconfortante de lembranças, dando-me de presente uma amnésia sagrada; uma cabeça oca e rejuvenescida, infantil e pura como nunca fora antes.

— Daqui o casarão parece muito maior, né? Acho que a cidade toda cabe ali — Lipe tagarelava, os olhos apertados para enxergar mais longe, os pés calçados nos guiando. — Você acha que estão nos esperando?

Não respondi. O pensamento me amedrontava.

Aproximamo-nos da estação, já alcançando o lastro ferroviário. Não me lembrava a que altura havia perdido os chinelos. Mas cada passo sobre aquelas pedras irregulares era uma tortura; apertando a mão de Lipe, forcei-me a continuar apesar da dor, variando a pressão e o movimento das pisadas, até conseguir vencer a curta distância e apoiar as solas maltratadas dos pés na frieza lisa dos carris de aço laminado. Soltando a mão dele, me sentei.

— Posso descansar um pouco? Meu pé tá doendo muito.

Lipe olhou incerto na direção do casarão e suas janelas incendiadas, a menos de cem metros de distância de nós, e, suspirando, sentou-se ao meu lado, apoiando o queixo nos dedos ralados. À direita, a casinha da estação, onde Cindy Cãoford costumava dormir, parecia semiviva, vigilante. A caixa de papelão recheada de trapos imundos e rasgados onde a cadelinha passava as noites frias e as tardes modorrentas estava vazia.

— Até que é bonito, sabe? — ele disse, apoiando a vela nas ripas de madeira do trilho. A voz estava carregada de tristeza. — O mundo pintado de preto.

— Acostuma.

Um movimento leve se insinuou no canto de nossas vistas, chamando atenção para a casa ferroviária. A antiga estação, com suas portas duplas e paredes cobertas de rachaduras, descansava sobre uma plataforma elevada. Plantas daninhas se espalhavam pelos muros que, décadas atrás, haviam sido laranja. E na base de um deles, algo espreitava furtivamente, farejando os odores emitidos pelo nosso hipotálamo — notas fragrantes de adrenalina e sangue. Lipe e eu enchemos as mãos de pedras e nos levantamos, recuando devagar, incapazes de despregar os olhos da sombra comedida, preguiçosa de se revelar.

Caminhando lentamente ao longo da plataforma, um borrão cor de azeviche, a criatura alcançou a extremidade iluminada pelas luzes do casarão dos Morano. Estava longe de ser um monstro — era Cindy Cãoford. Com passos curtos, a cadela caminhou até a beirada de concreto da estação e se sentou, imóvel como gárgula, o corpo de pantera cintilando no escuro.

— É a Cindy! — Lipe gritou na mesma hora, radiante, batendo as mãos espalmadas nos joelhos. — Vem cá, menina!

Algo estava errado. Eu sentia na boca do estômago — o intervalo sólido entre o relâmpago e o trovão. Remetendo à estátua de Anúbis, Cindy ostentava um porte soberano muito distinto da alegria pueril e espontânea com que costumava correr até nós, de língua pendurada e rabo em riste. Havia se movido até ali de forma estável e sóbria, totalmente avessa ao salto claudicante, às passadas de caranguejo e ao lombo tortuoso que, até aquele momento, comandavam seus movimentos característicos.

— Vem cá, menina — Lipe insistia, os olhos apertados para enxergar longe, caminhando confiante na direção da cachorra, que ainda nos encarava com altivez.

No mato alto além dos trilhos foram surgindo, em pares, dezenas de vaga-lumes. Pequenos globos de luz esverdeada arranjados em uma circunferência perfeita que avançava de todos os lados, montando cerco ao nosso redor.

— Lipe — chamei, tentando puxar o braço dele enquanto observava aquelas luzes que piscavam de maneira quase imperceptível, no compasso de pestanas. — Vamos embora.

— Vem, Cindy. — Ele seguiu na direção dela, alheio aos vaga-lumes e à mão que eu esticava, completamente focado na sua *massacote*, como dizia, brincando. — Vem com o papai, meu amor.

Farejei-os antes que pudessem se mostrar: miasmas de imundície composta de crostas purulentas, feridas abertas, sarnas e seborreias, otites e bicheiras. No exato instante em que Cindy pulou da plataforma para nos encontrar, os vaga-lumes se revelaram à meia-luz — eram as pupilas luzidias e dilatadas de todos os cães da vizinhança. Reconheci alguns deles — Totó, Negão, DiCaprio, Futrica, Duque, Bidu, Pilonga, Belinha, Rex, Banzé, Corote, Laika, Gugu. Suas mandíbulas escancaradas de jacaré exibiam punhais encrustados nos focinhos escarlate.

Por um lapso de tempo, Lipe olhou ao redor e, percebendo o que estava prestes a acontecer, fez menção de sair correndo. Era veloz; em um só fôlego chegaria ao casarão dos Morano, fecharia a porta atrás de si e contaria tudo a minha avó, deixando-me sozinha com os cães; ou manteria o embalo, trotaria feito um potro pela noite, sairia da cidade e ganharia a estrada — longe de mim para a eternidade.

Quando tomou impulso para correr, agarrei-o pela mão, puxando-o pelo braço.

Não.

Lipe olhou para mim com uma expressão de surpresa, e ainda tinha o corpo inclinado para a frente, uma das pernas flexionadas, quando Cindy nos alcançou e cravou, em um salto, os dentes em seu braço. As presas cortaram o caule da rosa e penetraram a carne até o osso.

O grito agudo que saiu da boca de Lipe foi mais de choque que de dor. Enquanto a cadela chacoalhava a cabeça com violência, partindo e rasgando nacos da carne de seu braço, eu puxava a mão dele do outro lado, desferindo chutes nos cães que se aproximavam mais e mais, sem pressa, pacientes e debochados — como hienas multicoloridas.

Suada, a mão de Lipe quase escapou do meu aperto. Ele também tentava se desvencilhar, jogando o corpo para os lados, seus dentes rasgando o lábio inferior com a força de sua luta.

Foi só quando o segundo cão atacou, um vira-lata caramelo gigantesco, grudando-se em sua panturrilha direita, que Lipe começou a gritar de verdade; a voz oscilante e rouca ecoou na madrugada em uma canção de sofrimento e agonia, enquanto lutava para se soltar das duas bestas que o devoravam. Usando minha mão livre, atirei pedras contra os cachorros, puxei-os pelos quadris, tentei abrir as mandíbulas poderosas; porém, de maxilares travados, os animais não se moviam, exceto para girarem as cabeças, empenhados em descolar a carne de Lipe do osso.

Quando o terceiro e o quarto cães pularam sobre ele, Lipe perdeu o equilíbrio e tombou de lado, gritando tanto e tão alto — chamando pela mãe morta que nunca conhecera — que a voz falhou, desapareceu, deu lugar a uma ausência chiada de som entrecortada por gargarejos sufocados. Berrei em seu lugar, quase deitada nos trilhos, toda inclinada para trás enquanto o puxava pela mão com toda a força que meu corpo possuía. Não parei de puxar, encobrindo seu silêncio com meus próprios gritos. O resto da matilha se atirou sobre sua carne inerte, muito à vontade com a falta de protestos, inebriados pelo cheiro de sangue fresco, saboreando a doçura daquele que por tantas vezes tinha se atracado com eles em uma dança amorosa, cheia de abraços e carinhos.

Respirei fundo e, com um esforço sobre-humano que expulsou todo o conteúdo do intestino e da bexiga, joguei o corpo para trás mais uma vez, puxando e puxando e puxando até que, com um ruído de carne estraçalhada e um grito que saiu direto do útero, libertei o braço de Lipe das bestas enfurecidas. Ainda que sua mão flácida já não retribuísse o aperto da minha e deslizasse entre meus dedos enquanto corria, eu não a soltei.

Levei-a comigo.

Você nunca vai ficar sozinha.

Alguns metros à frente, com as luzes do casarão dos Morano já fumegando em meus olhos, virei-me para trás uma única vez. Sentada diante do amontoado de feras que se alimentavam, apreciando o som de tecidos moles e ossos triturados retumbando no silêncio, Cindy sorria no escuro.

A SERPENTE DO MUNDO

1

Quando galguei os degraus da entrada do casarão dos Morano, gritando por minha avó com os dedos entrelaçados à mão viscosa de Lipe, aquelas portas duplas, arreganhadas como a garganta de Anfisbena, pareciam deliciadas em me engolir.

Corri sobre o piso lascado, escorregando em poças escuras que cobriam a superfície decorada em dourado, marrom e azul-cobalto. Lá dentro, a luz era tão forte que, repentinamente cega, apertei os olhos, uma das mãos tateando o ar gelado, desesperada por algo em que se escorar, a pele sensível à atmosfera cavernosa do mármore, o nome de vovó inflamado nas cordas vocais.

Banhado em magenta, o salão principal, com seus vitrais coloridos e pilares escuros de hera, onde vovó e seus seguidores haviam improvisado uma cruz rústica de carvalho e disposto uma longa mesa coberta de uma toalha branca, estava lotado de cadeiras brancas de plástico, como centenas de pecinhas de dominó, cada uma marcada com o nome de um morador do município. Enfileiradas em blocos e separadas por um corredor, elas continham em seu assento uma vela cheia de parafina derretida, que escorria pelo plástico e espalhava um líquido reluzente e espesso, da cor do ouro, pelo chão. Em comparação ao negrume de outrora, a iluminação parecia agressiva demais, vulgar, quase encenada. Usei a mão de Lipe para limpar o suor do rosto e, pestanejando rápido como ele, tive uma visão mais ampla do cômodo.

— Vovó Didi?

No altar improvisado, aos fundos do salão, bem no centro do corredor de cadeiras, em uma poltrona de espaldar alto semelhante a um trono, ladeada por duas mesinhas redondas — uma trazendo uma bandeja de instrumentos cirúrgicos usados para cirurgias espirituais, outra um antigo candelabro de ouro com seis velas acesas, minha avó estava sentada.

Vestida como nos trabalhos cerimoniais de cura, toda de branco, de blusa e saia rendada, ela sorria, as mãos espalmadas viradas para cima, exibindo as chagas de Cristo. Sobre a cabeça, usava uma túnica branca que caía em ondas sobre o busto, emoldurando o rosto em êxtase, sangue florescendo em pétalas úmidas no tecido alvo. O líquido tingia as mangas da blusa até os antebraços, respingava nos cotovelos e no colo, brotando do topo da cabeça — onde furos demarcavam o estigma da coroa de espinhos — e da cavidade onde antes estavam localizados os olhos. Ao ouvir minha voz, vovó virou a cabeça na minha direção com um sorriso encharcado, a boca borbulhando um toco de língua para fora. Sobre a bandeja de alumínio na mesa redonda, alinhados com os bisturis, seus globos oculares e língua haviam sido depositados com asseio, lado a lado, como peças à venda em um açougue. A cena desvelava um estado de insanidade escancarada; como os órgãos, as âncoras que prendiam o tempo e o espaço à realidade haviam sido igualmente cortadas, mutiladas, descoladas de tudo que era concreto e factível. Lipe estava certo o tempo todo; aquilo não podia ser real — era a matéria-prima dos pesadelos.

Ainda meio surda de um ouvido e incapaz de desviar os olhos dos estigmas de vovó, um ídolo monstruoso de santidade profana aprisionado pela ausência de sentidos, demorei a perceber que o chão e as paredes, oscilando em diferentes tons de pele, se moviam vagarosamente, emitindo um sibilo baixo e constante.

Todo o vilarejo comparecera à cerimônia de Finados.

Aglomerados em uma massa compacta, um quebra-cabeça humano, iam e volviam, serpenteando, desfeitos em murmúrios e lamentos, enrolando-se uns nos outros, crescendo e encolhendo, preenchendo cada centímetro das paredes, do assoalho, do teto que despencava em grossas camadas de tinta amarelo-muco. Os corpos nus, empilhados como no Tétris que jogávamos no GameBoy de Cadu, formavam uma víbora gigantesca, e cada uma de suas escamas representada pela cabeça de um dos moradores da cidade.

Dispostas em cachos, em diferentes ângulos, direções e tamanhos, gritando, sorrindo ou imóveis na paralisia da morte, com olhos furados e línguas cortadas, as faces de amigos, conhecidos e vizinhos se aglutinavam, perdiam a identidade e a especificidade dos traços, tornavam-se uma só superfície disforme e irreconhecível, personagens de uma pintura renascentista retratando o inferno em sua forma mais prosaica e infantil.

A hidra se arrastou lentamente, curvando-se e encontrando a parte posterior de si mesma, seu corpanzil um anel sem fim nem começo, um círculo perfeito no qual mãos frenéticas apanhavam membros e cabeças e os aprisionavam entre os dentes, roendo pele, carne e músculo até o osso, mascando cartilagens, dilacerando tecidos, mantendo ali, entre as presas ou os dedos, o que deixava de ser extremidade para se tornar uno, uma só criatura quimérica. Vista assim, do ângulo onde eu me encontrava, a serpente do mundo parecia envolver vovó em uma auréola luminosa e celeste, um halo profano.

Senti uma mescla de pavor e desejo — como eu queria estar ali, esmagada em um abraço de serpente.

Ao cascatear em volteios espiralados acima de mim, a cobra-grande despejou uma chuva negra e fétida que molhou o piso já emplastado de todo tipo de dejetos e restos mortais, esvaziando entranhas em um só movimento peristáltico, espiralando e apertando cada segmento com vigor, um aguaceiro de gordura e excrementos que caiu em gotas grossas e malcheirosas, ensopando o salão, vovó e eu.

Em uma dessas rotações, misturado aos inúmeros cadáveres, eu vi Cadu.

Estava de cabeça para baixo, de lábios abertos e úmidos, olhos vazados fixos em um ponto no além, a pele escura repleta de equimoses. Lembrei-me do dia em que chegou na rua, arrogante, com uma bola de capotão novinha debaixo do braço. Após levar uma série de olés, como o moleque mimado que era, recolheu-a despeitado. *Ninguém mais vai jogar.* Então a roubei e chutei com força para cima do telhado, sob uma onda de gargalhadas. Nesse dia ele meteu, sem dó, um murro nas minhas costelas. *Filha da puta, por que você não taca a mãe pra ver se quica?* E rolamos, aos socos, no asfalto quente que cobria o estacionamento da Autoelétrica Ramalho.

Enquanto a cobra apertava os ossos de Cadu, estourando suas veias, pensei nele abrindo a porta da casa de Lipe com um chute calculado, virando o boné para trás e piscando um dos olhos. *E aí, viado? Cadê seu pipa?* Recordei a inveja que sentia ao ver a fotografia que ele havia tirado no circo, sentado ao lado de um chimpanzé; as risadas que dava, dentes metálicos de aparelho, ao tentar nos ensinar as coreografias do É o Tchan! com o radinho apoiado na pitangueira e as bermudas erguidas até a virilha.

Nanda estava logo embaixo, estagnada no mar de corpos esmagados e cintilantes, as pernas passadas pelos ombros de maneira antinatural, as unhas minúsculas dos pés pintadas de glitter, o cabelo de cúmulo-nimbo esvoaçando por toda parte.

Pela primeira vez enxerguei-a com carinho, pintando-a com o afeto da memória — a preciosidade de tudo que se perde e ganha nova luz no reino inalcançável da infância. Senti saudades de seu caminhar de bailarina, sempre na pontinha dos pés. De seu cheiro de mijo velho. De sua coleção de Barbies do Paraguai. Das bermudas sempre sujas de terra na bunda. Dos tererês coloridos. Dos batentes da janela cheios de comida mastigada. Das fitas da Disney com os encartes babados. De sua brincadeira favorita de contos de fadas, em que fechava os olhos e ordenava: *Agoia você é o píncipe e tem que me dar o beijo do amor verdadeiro*. Do gosto molhado de seus dentes de coelho e dos braços muito macios envolvendo meu pescoço. *Meu amor, você me salvou! Você me salvou, meu píncipe!*

Enredada no abraço da serpente, Nanda ria, estertorava, o corpinho magro comprimido de todos os lados, e quando o monstro se retorceu, em mais um giro violento, triturando ossos e macerando órgãos, eu a perdi de vista.

Foi quando também me perdi.

Tal qual um elástico que se expande além de seus limites, perdendo flexibilidade e se tornando uma corda retesada, tensa e frágil, minha sanidade finalmente se partiu. Em um *tec* quase audível, quebrou-se em mil partículas, abandonando minha mente à deriva, num abismo distante e solitário, onde uma galeria de espelhos refletia meu próprio rosto, olhos e boca escancarados. Em meio às imagens dos mortos que me assombravam — Ângela, Mayara, a Mulher Vermelha, meu avô e Lipe —, uma procissão de pesadelos e dores, captei com somente parte da consciência o braço que se esticava, a mão furada apontada para mim, o dedo inchado que me invocava, com graça e irreverência. Os dentes vermelhos de vovó brilhavam de contentamento.

Vem, filha, diziam os lábios mudos e cor de ferrugem.

Vem aqui que a vó vai te mostrar uma coisa.

2

Com o corpo pendendo para a direita e o braço dormente de carregar o peso da ausência de Lipe, caminhei mecanicamente e sem pressa, sorriso ou medo, fé ou certeza — só porque vovó chamou.

Ela se manteve sentada, de braços abertos, rosto voltado para o alto, arrebatado no êxtase santificado dos egrégios, sobre o qual gotejava a chuva negra da serpente do mundo.

Ajoelhei-me diante de seus pés descalços, tocando com os lábios a pele gelada e seu mapa fluvial de varizes. Com sofreguidão, beijei os calcanhares de terra rachada e encostei a testa úmida em seus joelhos reumáticos, implorando:

— Me desculpa, vó. Eu não queria que nada disso tivesse acontecido. Eu só queria ser igual a você. Só isso. Eu só queria *ser* você.

Então encharquei as vestes grosseiras de vovó com lágrimas incontidas, um choro alto e convulsivo de virar o estômago do avesso, despejando no colo dela um amontoado de pedregulhos, terra de cemitério, sortilégios, fotografias, cerol, fitas cassete, tazos, bolas de gude, latas de coca-cola e chicletes de menta. Minhas próprias vísceras transformadas em chumaços de algodão que continham um oráculo de memória e sofrimento — o corpo nada mais que mero invólucro, uma bacia de clarividência e anseios, eternamente só, recheada de nada além de nostalgia e morte.

Vovó me tocou com mãos gentis e lambuzadas de sangue quente, embalando-me nos braços como costumava fazer com Ângela, seu único amor. Sem língua, cantarolava uma canção de ninar popular, que eu conhecia das novelas e dos filmes. Erguendo a cabeça, encontrei seus olhos vazios, e eles me lembraram balas de morango — meladas e cheias de doçura — que tive vontade de chupar. Meu coração galgava a garganta com dedos angulosos, prestes a fugir pela boca. E fugiu, ganhou palavras, cheio de coragem.

— Eu te amo.

Choraminguei, fechando os olhos novamente e limpando o muco do nariz com a mão livre, enquanto a outra formigava, congelando e enrijecendo, em consonância com o membro decepado de Lipe. Simbiótico e semiesquecido, já havia se tornado uma extensão de mim — uma espécie de apêndice ou siso incluso, latejando vez ou outra, esquecido e inofensivo, prestes a causar uma infecção generalizada.

— Eu prometo que vou ser boazinha. Eu juro. Nunca mais vou te desobedecer. Vou me transformar na Ângela que você queria. Vou te chamar de mamãe. Vou parar de comer, vou emagrecer, cortar os joelhos e ser pequena para sempre. Vou pintar os cabelos de loiro e ser bonita. E aí, quando a gente voltar pra casa, vai ficar tudo bem, não vai? Tudo vai voltar ao normal? Você promete que traz todo mundo de volta? Você promete que me faz esquecer? Você promete?

Ela tocou meus lábios com dedos frios, calando-me sem deixar de sorrir, e ergueu meu queixo para o alto. Observei mais uma vez a serpente movediça, frenética e incansável, e vi passarem figuras tão disformes que já não era capaz de reconhecer, uma série de corpos espectrais boiando no rio Aqueronte, mergulhados no submundo por toda a eternidade. Sem soltar meu maxilar, ela remexeu na bandeja cirúrgica que descansava à sua esquerda, cheia de instrumentos — pinças, tesouras, bisturis — sujos de sangue. Com a outra, puxou com firmeza o que sobrara do braço de Lipe do meu aperto anestesiado.

Despertando do transe, reagi com ferocidade, empurrando a mão de vovó para longe enquanto aninhava aquele braço no peito como um bebê de colo:

— Não.

Vovó e eu nos encaramos em silêncio, bocas fendidas, olhos arregalados e órbitas vazias fundidos em um imperioso jogo de forças.

Vi-a deitada de meias-calças no sofá com as pernas apoiadas num banquinho de plástico, abanando-se com um leque enquanto assistíamos juntas às telenovelas mexicanas. Recordei a maneira como me penteava todas as manhãs, amarrando marias-chiquinhas tão apertadas que eu sentia os olhos repuxarem nos cantos, os piolhos fazendo cócegas na curva da orelha. O sorriso amarelado e a dentadura borrada de batom vermelho ao contar cem vezes a mesma história. O jeito como xingava em macarrônico: *Puta que la merda, porca miséria, caçarola-mamma--mia!.* O perfume dos bolinhos de chuva, das compressas de álcool em minha testa febril, do *viquevaporupi* ardendo nos pés cobertos por meias. *Agora fica aí quietinha que se tomar friagem você fica toda torta.* As tatuagens de band-aid nos braços. *É que eu sou muito estabanada, bem.* O barulho do terço cor-de-rosa de plástico passando, conta por conta, pelos anéis de ouro.

Piscando lentamente, analisei a face sangrenta que me espreitava, aquela careta monstruosa análoga à de vovó, que não recendia a pó de arroz e cebolinha, mas a terra apodrecida antediluviana, a damas-da-noite cultivadas em abatedouro.

A Mulher Vermelha.

— Você não é a minha avó — sussurrei, enfurecida, inclinando o tronco para trás e me erguendo em um joelho. Santa de sangue, ela continuou mexendo na bandeja sem desfazer o sorriso. — Você...

Antes de sentir a dor, ouvi o assobio da navalha cortando o ar. Minha bochecha esquerda se umedeceu com um líquido morno, e uma dor aguda penetrou em meu crânio. Incapaz de manter os olhos abertos, urrando de agonia, tapei-os com as mãos.

Ao levar a mão de Lipe ao rosto, ela recebeu o segundo golpe da navalha. Em um sopro, pude sentir que vovó tentava me atingir mais uma vez, o corpo dobrado para a frente, uma risada silenciosa escapando pelo nariz. Pondo-me de pé em um salto desesperado, cega e desorientada de dor, perdi o equilíbrio e me apoiei em uma das mesas que ladeavam a cadeira de espaldar alto. Assim, derrubei sobre vovó o candelabro de seis velas antes de tombar no chão escorregadio.

3

O fogo pegou a galope nas vestes de algodão engordurado. Espalhou-se pelo corpo de vovó em uma onda que enxerguei com apenas um dos olhos, perdida no vermelho--flamejante da minha própria vista em chamas. Mas farejei-a com a amplitude de cada cílio nasal — gordura liquefeita, pele queimada, cabelo carbonizado — e a senti destruir cada parte do meu próprio corpo. Estava presente no peito eviscerado, nos fios de cabelo que se encrespavam, nos pelinhos do braço que cheiravam a galinha depenada, na fumaça que enchia os pulmões de bafo de crematório.

No seu trono de rainha das labaredas, vovó queimou imóvel. Olhos cerrados, braços em repouso e boca murcha, uma boneca de pano cujo corpo não passava de uma casca vazia, abandonada à derrelição do fim — já não servia de marionete dos mortos.

O cabelo enrolado caía em grandes chumaços junto de pedaços do escalpo. Do corpo que escurecia e se ressecava, perdendo massa e substância, toda a gordura, especialmente a concentrada no ventre volumoso de vovó — onde no passado eu tinha permissão para apoiar a cabeça e enfiar o dedo no umbigo macio — foi derretendo lenta e borbulhante sobre o piso barroco, compondo um viscoso rio dourado que refletia a boiuna. Cada um dos segmentos da cobra recebeu um beijo de lume, incendiando-se em belos tons de ouro e rubi, matizando o papel de parede desbotado de preto, cinza e escarlate. No silêncio retumbante das coisas mortas, tudo — vovó, a serpente, o casarão, tais quais elementos decorativos em um cenário — se desfez.

Só reagi quando um ramalhete de chamas cobriu o teto, e placas de tinta, concreto e corpos começaram a cair — inteiros, aos pedaços, ou só uma papa fétida, consistente e pegajosa.

Arrastando-me pelo chão imundo, projetei o corpo do jeito que fazia sempre que Lipe e eu lavávamos o ladrilho da garagem para poder deslizar de barriga para baixo entre bolhas de sabão. Nadando entre o mar de corpos no lago de fogo, com a carne chamuscada e o ser em frangalhos, única célula viva em um organismo decaído, fugi da boca faminta que havia devorado tudo o que eu amava.

As portas abismais que davam para o hall pariram meu corpo ensanguentado, transmutado em criatura semelhante à deidade de um panteão vetusto e obscuro — dois pés, três mãos, um só olho, pele enegrecida e coberta de bolhas reluzentes.

O calor das chamas e a dor me impediam de enxergar propriamente, mas através do estreito das pálpebras, em meio à visão turva e nebulosa da córnea perfurada, vi meu reflexo em um antigo espelho embutido na parede próxima às portas duplas da saída. Emoldurado em ouro, superfície desenhada em amplas manchas de oxidação, prateado rio turvo, ele refletia o corredor do casarão dos Morano se alongando às costas de uma moça alta, loira e caolha, com um colar de ossos no pescoço, os dentes arreganhados em um sorriso satisfeito e uma coroa de flores vermelhas enfeitando a cabeça.

Ângela-Beatriz-Vermelha.

Atrás dela, todas as portas estavam abertas.

COMO NASCEM OS FANTASMAS

A alvorada coloria o céu de roxo, vermelho e cor-de-rosa, e o canto dos sabiás, bem-te-vis e sanhaços se unia ao chiado das cigarras. Saí do casarão rindo com dentes rosados, escondendo o rosto mutilado no que sobrara do vestido. Meu corpo cálido se arrepiou ao entrar em contato com o orvalho acumulado na grama alta, e moscas volantes inundaram os olhos, que pestanejavam em tiques de três ou quatro piscadas, a córnea de um deles banhada em vermelho. Um véu obscurecia minha vista lesionada, enchendo-a de sombras distorcidas, projetando figuras altas e longilíneas, baixas e hirsutas, no canto de minha visão periférica. Destacando-se contra a paisagem opaca e deserta, materializavam-se ou desapareciam a poucos palmos do meu rosto em ondulações de água-viva.

Atrás de mim, o casarão dos Morano queimava séculos de desgraça e perversidade, purificando as almas da cidade em uma pira comum. Toda a estrutura despencava em grandes nacos, deixando à mostra apenas um esqueleto composto de vigas, pilares e encanamento de cobre. Não me virei para olhar. Em vez disso, atravessei a pradaria, tapando o olho ferido para enxergar melhor, e encontrei meu caminho entre as barbas-de-bode, as costelas-de-adão, os antúrios e os capins-dos--pampas, arranhando os braços no tronco das paineiras e nas folhas das babosas, até alcançar o brilho prateado da ferrovia.

Meus pés em carne viva já não sentiam o impacto do solo duro e pedregoso. Seguiam adiante, sencientes, senhores da própria vontade. O ouvido já não zumbia. O olho vazado já não queimava. A pele ferida não incomodava mais. A dor havia se tornado parte integrante de meu corpo, tão banal quanto respirar, quanto os gritos que escapavam, involuntários, da minha boca.

Mesmo com um só olho, enxerguei-o de longe. O círculo de aves escurecendo o céu, a silhueta branca em contraste com um mar rubro.

Cindy Cãoford, corpo torto, rabo em pé, focinho sujo, correu para me receber, pulando com as duas patas dianteiras no meu peito, enchendo-me de lambidas. Abracei a cadela, correndo as mãos sobre o dorso cheio de coágulos, apalpando as costelas sob os pelos agora grisalhos, beijando a cabeça malcheirosa com o vigor de quem chega em casa e encontra tudo onde deveria estar: o café com leite no copo de requeijão, a TV ligada no *Tom & Jerry*, o cheiro do fixador de cabelo de vovó escapando por baixo da porta do banheiro, Lipe buzinando com as mãos em concha no portão, *Biiiiiiiiiibiiiiiiiiiii!*.

Lado a lado, Cindy e eu, coxas e envelhecidas, equilibramo-nos ao longo dos trilhos de aço laminado com pés e patas de bailarina e, juntas, percorremos uma curta distância até chegarmos ao nosso destino.

Lipe estava deitado sobre um oceano de flores escarlate. De olhos fechados e lábios entreabertos, parecia adormecido. Sentei-me ao lado dele, amassando algumas das flores, que suspiraram, e memorizei cada detalhe do menino, exatamente como, em um passado que já parecia longínquo, havíamos memorizado juntos o coletivo dos bichos, as conjugações verbais, as capitais de cada estado do Brasil. Desenhei na cabeça, primeiro em esboço, depois em caneta permanente, uma cartografia de pintas, marcas e cicatrizes, unhas roídas, e buquês de veias arroxeadas feito relâmpagos nas pálpebras. Cataloguei os insetos que cobriam a pele exposta, as bicadas oblongas dos urubus, a carne esfacelada, o abdômen arreganhado e vazio, saqueado dos órgãos e vísceras. Depois me inclinei para a frente, derramando um pouco de lágrimas tingidas de sangue sobre a face pálida do menino morto, e beijei seus lábios rígidos e frios por um instante inolvidável.

Distraída, encarei a mão que ainda segurava, branca feito papel, mudando em degradê para um púrpura-amarelado intercalado de equimoses, carmim nas extremidades laceradas, onde a carne havia se desligado dos ossos, formando feixes de articulações, músculos e pele. A rosa, que germinava em novos botões no meu braço, voltara a ser uma tatuagem de chiclete no dele, tão gasta e desbotada que só era possível enxergar o contorno.

Experimentei soltar sua mão, tentando abrir cada um dos dedos que, entrelaçados nos meus, haviam assumido um aperto de armadilha de urso; mas desisti ao notar que, já no rigor mortis, o ápice do afeto, eles só cederiam se fossem quebrados. Então deixei-a onde estava, já acostumada com seu peso, fascinada com o arco-íris de decomposição que começava a desprender um cheiro adocicado, tão parecido ao das flores vermelhas que serviam de leito macio para a presença imortal do meu primeiro amor.

A fumaça do casarão enchia o céu de nuvens negras, e as aves carniceiras voavam cada vez mais baixo enquanto o sol tímido ascendia, jogando sua luz sobre a paisagem viva que seguia seu ciclo infinito. Abandonando os escombros e cruzando a relva, centenas de sombras — uma delas com óculos de aros quadrados, permanente amarelo, nariz de avestruz — dançavam diante de meu olho cego, espalhando-se pelo terreno, atravessando a mata, entrando sem licença pela porta da minha cabeça. Atenta aos espectros que iam e vinham, tomando meu corpo em repetições de dores e júbilos, decalques imateriais de tudo que era precioso, eu finalmente entendi — assim nasciam os fantasmas.

Deitando-me na moita de flores que cercava o corpo destroçado de Lipe, apoiei a cabeça nos trilhos do trem e, enquanto quebrava as trancas de todas as portas dentro de mim, tive a certeza de que, daquele momento em diante, eu seria eternamente mal-assombrada.

AGRADECIMENTOS

A vovó Dedê, por ter me criado entre fantasmas e bênçãos, e me engordado com mamadeiras de leite Ninho. A tia Virgínia, pelos causos que me tiravam o sono na infância e hoje permeiam minha escrita. A meus pais, que sempre apoiaram minhas excentricidades (às vezes meio assustados). A Paulo Roberto, o fantasma do meu primeiro amor. Ao meu marido, que sempre me conseguiu tempo mesmo que, para isso, precisasse abrir mão do seu. *Eu te amo*. À minha filha, por ser meu elo com a vida. À dra. Nilce Kamida, por sanar todas as minhas dúvidas sobre lesões oculares. A Irka Barrios, Roberto Denser, Tali Grass, Daniel Freitas, Paula Febbe, Dia Nobre e Antônio Xerxenesky, pela leitura e pela amizade. A Amanda Miranda, por transformar em ilustração a substância dos sonhos e eternizar sua arte junto à minha neste projeto. Aos meus editores e a toda a equipe editorial da Suma e Companhia das Letras, por todo o trabalho, atenção e cuidado com este texto.

    E, finalmente, a você, por ter aberto a porta e me deixado entrar.

    Obrigada.

ESTA OBRA FOI COMPOSTA PELA ABREU'S SYSTEM EM CAPITOLINA REGULAR
E IMPRESSA EM OFSETE PELA GRÁFICA SANTA MARTA SOBRE PAPEL PÓLEN BOLD DA
SUZANO S.A. PARA A EDITORA SCHWARCZ EM MAIO DE 2025

A marca FSC® é a garantia de que a madeira utilizada na fabricação do papel deste livro provém de florestas que foram gerenciadas de maneira ambientalmente correta, socialmente justa e economicamente viável, além de outras fontes de origem controlada.